台北茶館

張放長篇小說

張放 ◦ 著

自序

搞文學創作大半輩子，毫無成績，心裡不僅羞愧，而且懊惱。北方有句諺語，「男人幹錯了行，女人嫁錯了郎」，則是悲劇。直到晚年，我才悟出這句諺語確實具有科學性。

文學作品是現實生活的具體反映。特別是小說，它應該表現時代的人們思想和感情。沈從文的代表作《邊城》，一味讚賞人性美，把《邊城》描寫成世外桃源。他在小說中的人物也是抽象的虛幻的人性。《邊城》小說人物，和武俠小說中的人物有何不同？他們竟然佔據中國當代文學史一角，成為暢銷作品，咱們文學前途有何希望？

年輕時未婚，患過腎結石症。醫生囑咐我多喝茶水。因此養成了坐茶館習慣。茶館的人，三教九流，有不少博學的作家、藝術家，我從他們的談話，汲取了不少知識和經驗。進而對於國共鬥爭的錯誤歷史，產生了濃厚的興趣。當時，有些人勸我假日應去補習英文，或交異性朋友，年屆三十，不應該再在茶館蹉跎歲月了。

幸而我沒有聽信朋友的勸告，否則我不會走向文學創作之路。

英國哲學家弗朗西斯•培根說過：「有妻子者，其命定矣。蓋妻子者，事業之障礙也。不可以為大善，亦不可為大惡矣。」我為培根的這段富於哲理的話鼓掌、喝采。一個人有了伴侶，等於身上有了枷鎖，毫無自由。你去茶館，跟誰聊天？男的還是女的？聊些什麼？前三皇，後五帝，比派出所的警員還囉嗦。

我的記憶力不錯，聽到新鮮的史料或觀點，便記在腦海裡，作了札記。然後再寫在筆記本上。當然，我會作出汲取精華，揚棄糟粕的過濾手續。日久天長，這些札記便成為我寫作的參考素材。在我的經驗裡，從這些茶客聽來的談話，有些比書本上看到的真實且富於感情。

凡是研究歷史的人，都有這種觀點：正史，有些並不真實，反而野史、筆記小說卻比較可信。如果說，我勉強可以稱為小說家，我的寫作素材多半來自茶館。飲水思源，我終身難忘那些在戰亂中奔波的茶客。過去曾發下誓願：有生之年，我要為那些毀家抒難、國家並未妥善照顧他們的無名英雄，樹碑立傳。遺憾的是我後來結了婚，為衣食奔波，受到「內政部長」的約束，失去泡茶館的自由；更遺憾的則是歲月無情，那些姥姥不疼、舅舅不愛的茶客，像秋天的枯葉，一片片無聲無息地飄落了……我再也找不到他們。高爾基曾把文學認作「人學」。我在茶館接觸的人，大多是從國共內戰中退守台灣的公務員、知識份子，他們有怨恨、有牢騷，也有抱負和理想。儘管他們的看法有侷限性，但是他們對於歷史的評論，卻是「小葱拌豆腐」——一清二白。

回過頭去，批判沈從文的小說《邊城》，他描述的湘西小城與時代脫節，無影無蹤，和武俠小說一樣。作者筆下的田園牧歌似的社會，一派渾樸的生活氛圍。「甘其食，美其服，安其居，樂其俗」。小說流露出的哲學意識，則是「絕聖棄智，大盜乃止；剖鬥折衡，而民樸鄙」的道家思想。這種閉門造車的作品，怎能稱為藝術？試問在漫長的幾千年封建文明造成的民族心理病態，以及數百年資本主義入侵所造成的農村破產，湘西小城還有老船夫、翠翠那種人麼？豈不是神話？

若是優美真摯的文學作品，難以出人頭地；而一些只表現人性的「抽象虛幻的美」的作品，暢銷市場，受到文壇的矚目和褒揚，日復一日，將來文學會走向絕路。這並不是最大的損失。若再過一百年後，後人研究二十世紀五〇年代一百多萬人民，在國共戰爭潰敗後，到達台灣，他們的生活，以及他們的想法及內心痛苦，若是缺乏文學記錄，只靠瞎子摸象式的方法去臆測，那才是歷史上的最大損失！

詩人李白早已告誡世人：天地是萬物的逆旅，光陰是百代的過客。歲月無情，一九四九年在戰亂中抵台的文藝小青年，如今已成了八十歲白髮皤皤的老人。若再過去十幾年，這些身帶傷痕、心懷怨恨的老芋仔，皆已作了亡魂，長眠海島。趁活著尚有記憶，寫出點誠懇的、真實的，具有留傳價值的掏心話，那才是文學作家最大的心願。

這是我創作這篇小說的動機。

一

夏天，台北特別燠熱，它是盆地，風吹不進來。晚上，坐在中華路茶座泡一杯清茶，邊喝邊看街上往來的行人，真是有趣。特別是女人奶子大，雪白的乳溝露出來，非常性感，惹人矚目。那時，我作水電臨時工，白天串門走巷，身上揹著工具包，沉重得像一隻馬克沁輕機槍。傍晚，在附近麵攤吃一碗陽春麵，四個水煎包，便進茶館喝茶。那條亮的刺眼的長龍，駛進台北，我看見不少旅客忙著收拾隨身攜帶的旅行包，準備下火車。

一輛駛進台北，隔不了好久，一輛開出台北，奔向中南部。看累了，我睡著了。「小弟，打烊啦。」茶座老闆喚我，催我回家。揉揉眼，我揹起工具包，走回住宿的小屋。

過去，我賣愛國獎券，整天在中華路一帶轉悠。說來也真奇怪，三年下來，賣出去的獎券，竟然沒有中獎的客人。茶座有河南老鄉挖苦我：賈明，你改個名字行不行，讓我中個末獎，我也高興！鄰座的茶客哄然大笑。有人說：要改，改姓。不能姓賈。最好改為「甄進財」。我頂了他一句：「我中了第一特獎，就不賣愛國獎券了！你們再也找不著我了。」

也許受了人家的奚落打擊，我決心改行學水電修理手藝。半年學徒，我便可以出去修理水電。但是，茶館難以割捨，這裡確實有不少茶客關懷我、心疼我，怕我頭疼腦熱，得了病，讓警員派人抬到火葬場。

那個在《自立晚報》寫雜文的戴茂，四川味兒的國語，聽起來像看電影，帶有顫音。他是我崇拜的偶像。他寫字用一枝粗而大的鋼筆，可以用來擀餃子皮。寫累了，抬頭發現是我，唯一的忠實聽眾、粉絲，便開始發表即興的詩話：

朱元璋，沒文化，篡得天下，攻進南京做了皇帝，寫過一首《咏燕子磯》：「燕子磯兮一秤砣，長虹作竿又如何？天邊彎月是掛鉤，稱我江山有幾多。」賈明老弟，你聽得出朱元璋的潛台詞麼？老朱是說：「我是皇帝，上至天文，下至地理，我不行也得行。」

戴茂對朱元璋印象特壞，此人殺人如麻，戰友、謀士、鄉親、僕人，稍不如他的心意，立斬。他的夫人馬皇后病入膏肓，太醫們為她精心會診，熬了藥汁，馬大腳不喝。此事傳至朱元璋那裡，朱趕來詢問究竟，那位跟他拚命打下天下的伴侶，深情地對丈夫說：「我的病，已經不行了。喝了藥也是死。我瞭解你的性格，我一死，你會立刻把太醫殺掉。為啥我臨死還要拖走幾位太醫呢！」

對於戴茂的淵博史料知識，我是深信不疑的。

他曾和白楊、張瑞芳、王引、陳雲裳在一起拍影片，這些老影星，我幼時便很熟悉。別人聽不懂，我聽得懂，所以我是戴茂的知音。

一日，我喝茶時，看蕭釗的小說。

「他寫的怎麼樣？」老戴問我。

京味兒過重。有點老舍的小說風味。

你想認識此人麼？我明天叫他來茶館，你跟他聊聊。這小子最近談戀愛，追電影明星丁曼。

旁邊的茶客知道丁曼，看過她的電影，不過卻沒有知道寫小說的蕭釗。有人跟老戴打賭，若是他能把丁曼找來喝茶，他願賭兩包雙喜牌香菸。老戴當即拍板定案，並且邀老闆作見證人。

次日下午，蕭釗帶著丁曼，悄然走進了茶座。一股濃重的香水氣味，在室內飄蕩起來。

儘管許多客人依舊聊天、下棋或是看報，但卻受到丁曼的影響，心思像向日葵似的轉向丁曼。她削瘦高佻，瓜子臉，長得並不多麼漂亮。蕭釗倒是蠻瀟灑，我跟他聊了幾句應酬話。他走後，戴茂對我說：搞對象，還是別追戲劇圈的女人，即使結了婚，將來還是離婚。茶館的客人，對於戴茂的談話，向來不感興趣，只有這番評論卻表示讚佩。這大抵是吃不著葡萄說葡萄酸的具體反映吧。

戴茂是這家茶館的常客，他的單人座，靠窗，桌前堆了一些舊書刊，沒有客人摸，也無客人坐；偶爾老戴三兩天不來喝茶，座位也是空著。他去軋戲，跑龍套，賺兩三百元，夠他吃半個月的水煎包。那都是丁曼替他介紹的。老戴脾氣大，毛病多，遲到、早退，導演並不欣賞他。他始終不承認「長江後浪推前浪」的真理。他還堅持三〇年代上海電影圈的演員演技，比重慶時期的水準高，而今台灣演員水準，趕不上重慶時期的演員。這種觀點，我不服氣，但是卻不敢和他抬槓，因為戴茂年長，見識多，學問好，惹惱了他是會挨罵的。

老戴戲路窄，舞台味兒濃，拍電影對話應生活化。蕭釗也曾向我表示過，我只有一笑了之。那時戴茂已年近四旬，若想改正缺點，實非易事，何況他還是個槓子頭呢。

那是文藝僵化的時代，凡是留在大陸的作家詩人的作品，不論青紅皂白，皆列為禁書。台北的重慶南路，靠近火車站的書店，最搶手的是法國紀德的《地糧》、羅曼・羅蘭的《約翰克利斯多夫》，文藝青年挾著這兩冊書，便是文藝才子的象徵。直到六〇年代初期，俄國十九世紀作家作品才陸續解禁，年輕孩子還是讀來很吃力的。說起來，也怪可憐！茶館是大眾場所，發表談話應該謹慎，戴茂的四川味兒舞台劇腔，高亢、激昂，語驚四座，但是他卻從來未觸及政治敏感的問題，這是讓我百思莫解的事。同時，我也暗地佩服他。

在抗戰時的淪陷區，也就是日本軍閥盤據的北方城市公眾場所，常見牆壁上貼有「勿談國事」的標語。上世紀的五〇年代，台北的旅館、茶館或飯店，雖然不見任何標語，但人們說話還是得小心點兒。朋友聚在一起，風花雪月，醇酒美女，怎麼說也沒事兒，因為墮落即不會造反。這讓九泉下的黃巢、李自成知道此事，一定拊掌大笑。

戴茂從不評論女人，他愛喝兩杯酒，但也不談酒。他最愛跟我聊文壇舊事，這是我最愛聽的主題。在不知不覺中，老戴牽引我走上了文學的路。

有一天，戴茂喝得有三分醉意，他竟然唱起了流行歌曲，荒腔走板，茶客聽得哄堂大笑。

那南風吹來清涼
那夜鶯啼聲淒愴
月下的花兒都入夢
唯有那夜來香
吐露著芬芳……

老戴唱的這首〈夜來香〉，是上海百代唱片公司黎錦光寫的。黎錦光是黃埔出身，北伐時擔任宣傳工作。後來，他去上海搞流行歌曲，〈採檳榔〉、〈天涯歌女〉、〈漁家女〉、〈賣糖歌〉，都是他編寫的詞曲。他拍著我的肩膀：「賈老弟！你看，軍中出多少文藝人才，你不能妄自菲薄啊！」

任何的藝術，合乎真、善、美條件，才是優美真摯的作品，小說、戲劇如此，音樂、詩歌也是如此。戴茂批評目前的文藝在政治教條束縛下，僵化，生硬，聽流行歌曲、看散文小說，像聽婊子叫床一樣——假的，虛偽的，騙人的。你別以為婊子痛快，虛張聲勢，誇大效果，就跟民國初年的文明戲一樣。

我捂嘴直笑。這種文藝理論，進不了校園，但是切合實際，使作者能夠認識文藝創作方向。聽了我的回應，老戴樂了！

為了摸索寫作這條路，我也絞腦汁，想題材，學會了吸菸。每天下午兩點，老戴便走進茶館，我已坐在他身旁的籐椅，等他。當時十元可購買兩包不同價格的香菸，綠殼的雙喜牌菸送給他，我留下新樂園牌菸吸。

不平等吧？

有酒食，先生饌。

老戴樂了。他摸了一下蓬亂的頭髮，從夾克口袋掏出一本舊書，幽祕地對我說：「昨天在牯嶺街舊書攤掏來的。才七塊錢，中了獎了。你先看。」

我接過那本撕去封面的泛黃的舊書，《二心集》。上海印的。印象模糊，是誰的作品？茫然不解。

「紹興師爺的雜文，寶貝吧？」他燃著了香菸，吸了一大口。

魯迅的雜文，確實難得。我心平氣和地，說出自己的掏心話。如果台北的言論自由放寬，戴茂也會寫出這種水準的作品，甚至超過周樹人先生。這不是恭維，這是文化進步的普遍真理。

你別胡扯了，是不是喝酒了？咹，小賈。戴茂問我。

茶館客人多起來，亂糟糟的。聽說基隆來了一萬多反共義士，這倒是振奮人心的好消息。不久，晚報到了，茶客爭著搶看，盼望自己的親人能夠重聚。老戴的胞弟在瀋陽渡江參加抗美援朝戰爭，如果來了台灣，他願請所有的茶客吃茶葉蛋、喝雙鹿牌五加皮酒。有不少客人鼓掌，老戴的眼眶紅了，我第一次看見他流眼淚。

中華路噼啪響的鞭炮聲，打亂了戴茂的詩情。他拿起了擀餃子皮的粗筆，寫信，尋找胞弟是否來台。等了將近半月，他接到林口「反共義士輔導處」寄回的信，在四川籍的義士中，姓戴的有十一人，名字、籍貫、年齡皆不相符；唯有河南固始縣有一位戴盛，年僅十九歲，作過文工團員。戴茂的胞弟已經三十二歲，他失望了。

我安慰他，請他把我看作戴盛。他朝我端詳半天，覺得臉面表情相似，卻比不上戴盛健壯。戴盛二十七歲當上營長，徐蚌會戰被俘，編進共軍部隊，開到東北瀋陽，後來過了鴨綠江，參加抗美援朝戰爭。戴家兄弟一文一武，戴盛連一句川戲都唱不出來，怎麼會進了文工團呢？

老戴是個樂觀的人，寫了一篇雜文，煩愁隨風而逝，他又有說有笑了。那天，他填了一首〈虞美人〉，遞給我看。

陳年舊帳何時了，
借支有多少？
債主昨晚又追蹤，
急促逃脫咬牙佯出恭。

半斤當票今猶在，
只是物主改，
問君能有幾多愁，
恰似黃蜂圍攻大馬猴。

戴茂寫詩填詞是有才氣的。他認為五代李煜，在封建帝王級詩人中，稱得是一流水準，但是以寫詩的浪漫心情治理國家，則會落得國破家亡、客死他鄉的下場。老戴對於海峽對岸那位有才華的詩人，有他的看法，當時那位詩人的《沁園春・雪》在重慶發表時，老戴還是一個文藝青年，他對這首詞的創作動機和情思，不予認同。既然神州大地氣象萬千，江山如此多嬌，引導數千年來的帝王，爭相為江山奔波操勞，他們哪有工夫寫詩填詞呢？詩人批評「秦皇漢武，略輸文采；唐宗宋祖，稍遜風騷。一代天驕，成吉思汗，只識彎弓射大雕」。毛先生認為歷代帝王，只重「武功」，不理「文治」，這是偏見與錯誤的評斷。同時，這種觀點和他的

「槍桿子出政權」的話，自相矛盾。既然詩興不甚明確，只體現作者浪漫的豪情，這跟風花雪月有何不同？

戴茂談論毛老頭的詩詞，還壓低聲音，不敢稱名道姓，像做賊心虛似的，我心裡暗自悲哀起來。難道今天的台北，已經被共軍解放了？一朝被蛇咬，十年怕草繩，這給咱們的知識份子帶來的心理傷害，得說給誰聽？

二

丁曼收到香港電影公司邀請函，和蕭釗離台赴港，成為台北影劇圈的一件大事。許多人羨慕他們，連我也湧出妒忌心情。五〇年代，除了有特權的親屬能夠出國，哪一個住在台北市的人，不是看著地圖，望洋興嘆？

戴茂卻心平氣和，安心恬淡，他照常下午二時，走進茶館，喝茶、寫稿、看書報、聊文學；蕭釗臨走曾囑咐他，多注重身體，等他們到了香港，安定下來，再設法為老戴在電影公司謀個職位，編劇、拍電影，他都能勝任愉快。以蕭釗和丁曼兩人的力量，並非難事。不過，老戴卻哼而哈之，虛應故事，根本聽不進去。戴茂留戀台北，留戀這個嘈雜的茶館，也留戀斜對面剛出鍋的水煎包。咬一口，真棒。豬肉嫩、韮菜香。五毛一個，兩塊錢就能吃飽。他去香港做什麼？聽粵語比聽西班牙語還難懂，豈不自討苦吃？

那日，戴茂酒後向茶客發表感慨，「當局者迷，旁觀者清」，這句諺語是幾千年來人民用血淚獲得的經驗總結。蕭釗帶了丁曼去了香港，不智之舉，他倆不到兩三年便會分手；凡是有特權跑到外國當寓公，他們將來還會回台北。如果各位不信，咱們騎驢看唱本——走著瞧吧！

有些人點頭，有些人不作聲，彷彿思索老戴的這句話的正確性。

台北這個都市，眼看它舊貌換新顏，蓋起了高樓大廈，它確實逐漸繁華起來。

台北的春夏秋冬，並不甚明顯，因此歲月常在不知不覺中溜走。那日，一個茶客拿著晚報，走了進來，微笑著向大家宣佈：「戴先生真是半仙啊，鐵口直斷。他的預言，真的實現了！」老戴摘下老花鏡，凝望對方，並未作聲。「電影明星丁曼跟蕭釗離婚了。這是香港傳來的電影圈新聞。」

這是一件遺憾的事，若是蕭釗留在台北，安心文學創作，他會有前途的。香港是資本家的樂園，並不是作家居住的地方，何況人地生疏，怎有住在台北恬適？

那日，戴茂突然心血來潮，向我提出一個建議：年近三十，毫無事業成就，不能再混下去了。趁著年輕力壯，應該把握機會，去讀大學夜間部，五年一晃就過去，白天照常工作。這件事，老戴讓我考慮一下。

我沒有信心，恐怕考不上。

試試看吧。也許瞎貓碰上死耗子……

考什麼系呢？

中國文學系。你有文學根基，讀這門最合適。戴茂還誇下海口，如果我能考取夜間部，他支援我的學雜費。

我在台北西門町混了七八年，賣獎券、送貨、做水電工，結識不少青少年，若是在學校碰見熟人，多麼尷尬？報了名，我竟然僥倖錄取，報到上課，真的碰見斜對面賣水煎包的阿珍，她坐在我的後面。她推了我一下，驚訝地問：「賈明，你這麼大年紀，還上學幹什麼？」我聽了不甚順耳，故意吃她的豆腐：「還不是想親近妳！」

她低聲頂了我一句：「死相！」

在我的印象中，阿珍是個天真未鑿的小女孩，穿著國中制服，在店裡幫忙母親洗碗碟。怎麼轉眼間作了大學生，長得亭亭玉立起來，真是女大十八變。我吃她家的水煎包，至少已有三年多的歷史。我每天傍晚，走近水煎包鍋前，阿巴桑抬頭瞄了一眼是我，想笑。掀開鍋蓋，用鏟子取出十個熱騰騰的水煎包，裝在兩個塑料包中，一邊六個，一邊四個，這是我和戴茂的晚餐。然後，我把鈔票放在鍋檯上，阿巴桑連看也不看，就塞進圍兜口袋裡。

有一次，阿珍喚我「戴仔」，阿巴桑斥責女兒：「人家姓賈。」阿珍伸了一下舌頭：「我以為他是戴叔叔的小弟。」

阿珍的母親，買了我三年多愛國獎券，都愛了國，連一毛錢也沒中。她說若早知我姓賈，白送她也不要，假的怎麼會得獎？

阿珍入學十九歲。我已二十八。全班年紀最大。總務處有個職員認得我，我為他家修理過電風扇，介紹我作學校水電工人。因此我讀夜校還賺錢。班上女同學不願和我交往，不甚光榮也。唯有林承珍呵護我，借我筆記，有時考試還給我打pass，四、五年間，耳鬢廝磨，感情日增，儼然成了一對情侶。

距離畢業還剩半個月，阿珍那晚突然想到我的住宿處參觀。我不願意。住在不到十坪的小屋，像狗窩，多麼寒酸，連個沙發也沒有。

是不是有女人？

我點頭。

阿珍半信半疑，「我認得不？」

我還是點頭。

阿珍大抵和我商量留校工作的事，文學系有個祕書缺，工作還算輕鬆，晚間上班。她有意爭取。總務處想聘任我為專任職員，負責修理水電工作，我對此事並無意願。阿珍心中明白，若是我能向總務處說句話，他們會幫助阿珍佔祕書缺，完成她的願望，否則半路上殺出一個程咬金，林承珍的夢想便破碎了。

兩人剛從飯館吃過牛排，還喝了一罐啤酒，慶祝即將畢業。邊走邊聊，不知不覺已走到我的住處。我住二樓。阿珍向我俏皮地說：「見了你女人，我說什麼？」我隨口說：「妳就說研究到系裡工作的事。」

打開房門，阿珍扔下袋子，向書房走。書櫥擺滿文學書籍，牆上掛的戴茂送我的條幅，我的單人床就靠在牆邊。棉被雖沒疊，卻很潔淨。她坐下來，問我：「女人呢？」

「也許出去買東西。」

「你真壞！」她脫去外衫，用手帕擦汗。

看見她膨脹的胸部，我已按捺不住慾火的燃起與衝動，剝去熱褲，餓虎撲羊抱住了她。她在掙扎，打滾，嘻笑……驀地，阿珍唉喲一聲：「你輕一點，是不是香蕉……這麼大……」拚鬥了半天，她滿身汗水，嘴角漾出滿足的微笑。大抵過了一個多小時，她嘴裡冒出一句令人茫漠不解的話：人生自古誰無死，你……今天捅死我吧。……做鬼也風流……

她昏睡了一個多鐘頭，才甦醒過來。阿珍確實累慘了。沖了澡，換上汗衫，我依然有些激動。

我催促林承珍回家，時間已晚，她的父母不放心，我應該送她。她不走，她要等待那個女人回來。我笑著向她解釋：台北，我只認識林承珍，其他女人都跟我毫無關係。

我從抽屜裡拿出蕭釗寫給戴茂的信。信上說明他介紹老戴和我去香港電影公司搞編劇，目前戴茂已先去修改《盜馬賊》，但是我已回絕了蕭釗，海枯石爛，我也離不開台北。

「為什麼？」阿珍不解地問。

「為了妳。我捨不得離開妳。」

阿珍倒在我的懷間，流下熱淚。

當初讀夜間部是戴茂的鼓勵，讀了四年多，即將畢業時，蕭釗卻傳來了這個喜訊，這豈不是開玩笑？儘管這張文憑對我沒啥稀罕，但我卻珍惜將近五年和阿珍的愛情，這份情緣今生今世再也難以獲得了。

何況台北這個都市，給我的哺育之情，比海洋還深，我怎捨得離開它。

翌日，我到學校人事部門，提起林承珍想進校在文學系工作，主管人員有些難意。他當即回絕我說：「那個祕書職位已經批下來了。今年三月，便作了決定。」我很失望，硬著頭皮去見總務處長，他苦笑說：論家庭背景、年齡、以及工作條件，林承珍確實比不上人家。何況這件人事案早在上學期便開始醞釀，這時候再提出申請，已經遲了。

我轉頭想走，總務處長喊住了我，囑咐我在畢業典禮之後，便來辦理人事手續，開始上班。我向他鞠躬、告退。心裡暗想：阿珍的家庭背景不好，賣水煎包的；我的背景更不好，當過兵，賣獎券，進了大學當水電工，另請高明吧！

我將此事轉告阿珍，她不在乎。她的興趣卻是香蕉，滑溜潤滋，每次到住處找我，常是玩得樂不思蜀，非要過足了癮，才肯離去。

那天，我揹著工具箱去中華路一家音樂茶座修冷氣機。正累得滿頭大汗，有個男人喊我：「賈明，是你呀！」我抬頭，發現杜步青站在眼前，馬上立正，喊了一聲「連長好！」老杜可樂歪了！遞給我一根雙喜牌香菸，叫我休息一會兒再繼續修理。我讓他去忙自己的事，等我把工作完成再聊天。

台北，六〇年代末期，各商店才有冷氣。有了冷氣，我可忙得不亦樂乎。杜步青是湖南茶陵人，記憶力特強，他當排長能記住全排士兵的生日，這是讓人佩服的事。可惜杜步青行伍出身，有天大的本事，也難以出頭。他經營這座茶館，不到半月，難怪我還沒見過他。修好了冷氣機，杜步青把我拽到櫃檯，馬上下達命令：「從明天起，派你擔任音樂茶座管理員，月薪三百，食宿自理。軍人以服從為天職，沒有還價的餘地。」我想申辯，他掉頭走了。

我把這件事告訴阿珍，她很高興，因為老闆是我的老長官，而且工資也不低，在音樂茶座當管理員，比揹著工具箱到處奔波強。只是，她擔心茶館有女服務生，天長日久，難免扯出了另外的愛情。

這是一件挺麻煩的事，即使我愛情專一，也難遏止阿珍的猜疑與誤會。我建議把她和我的關係公開化，未婚妻。每天下午四時，去三春茶館送水煎包，十個，我吃五個，另外請杜老闆吃五個。起初，阿珍猶豫不決，膽怯，不願拋頭露面，經過我的慫恿與鼓勵，她終於應允下來。

林家的水煎包，享名西門町，肉餡香，皮薄，外型讓人看了就想吃。阿珍送了兩趟，便引起許多茶客的興趣，這個買三個，那位要五個，杜老闆為了滿足顧客的要求，想派我每天下午騎機車取水煎包，免得囉嗦。

依照目前茶客愛吃水煎包的數量，最少有一百個，得煎兩鍋。需要等待時間。再說，阿珍來此賣水煎包，醉翁之意不在酒，她並不同意杜老闆的意見。再說，阿珍的本田牌機車也可以裝貨，何必讓顧客每天取貨呢？一位大學文學系畢業生，去送水煎包，為了家庭生活，也是為了愛情，別人無動於衷，我賈明卻心疼！

阿巴桑見了我，笑了。她仔細瞅了我一眼：「賈仔，你什麼時候結婚？」我說等賺了錢買了房子就結婚。她說台北市的房子越來越貴，只要找到合適的對象，租房子住，還不是一樣。聽她的口氣，她還不清楚女兒的感情對象。

我到三春音樂茶座當管理員，給林家的水煎包擴大的生意。他們只得添雇了幫手。阿珍年紀不小，母親也管得鬆，有時住在我那裡，就說留在女同學家。因為阿珍已應聘作家庭教師，行動有一定的自由。從此，她也不去音樂茶座送水煎包了。

每週，我倆總有鵲橋相會的一夜。甜蜜而溫暖。談到結婚，阿珍付之一笑。她認為只要有愛情，相互廝守、信任，婚禮只是形式而已。她主張到地方法院公證結婚，不必麻煩。

我聽了直笑。

你不贊成？

贊成。我怕妳感覺委屈。

如果你不守規矩，搞外遇，我才委屈。

兩隻赤裸的膃肭獸，開始在單人床上廝鬥糾纏起來。搞得被單、枕頭一片狼籍。直到雙方都獲得了滿足與發洩，才相擁一起喘息……

沒事吧？

好。

你呢？

也好。

半晌，阿珍才移動她身子，臉孔挨近我，「阿明，以後你別叫我媽——阿巴桑。」

叫啥？

阿母！

三

三春音樂茶座位於中華路，靠近國軍英雄館。它在三樓，約兩百坪，靠窗兩排是火車廂座位，中間擺的盡是方桌，可以供給文化團體聚會。當時有些文藝青年常在這裡開會。

三春茶座生意紅火，在於冷氣機多，招徠顧客。當初杜老闆聘我做管理員，就是因為我做過兩年水電工，還能搶修冷氣機。店裡只有兩個服務生，阿桂、阿花，專門沏茶、端茶、收煙灰缸，我也幫忙送茶，忙得不亦樂乎。週末假日，茶座時常客人爆滿，足有一個加強連的官兵人數。我不叫老杜老闆，卻喊他「連長」。他聽得嘴都樂歪了！

東方不亮西方亮，他經營這茶館，處理事務井井有條，為人豪放熱情，因此來此喝茶的客人，芝麻開花節節高。老杜能摸清不少常客的脾氣，即使偶爾發生爭吵，他也能迎刃而解。

詩人高樹臉色有點不對勁，挾著兩本書，剛落座。阿花便向我施眼色，叫我端茶過去。這位書法家愛開黃腔，女孩不敢接近他，其實他心地卻是純潔、善良。端過一杯濃茶，聞到一股酒味。

「樹老，你今天氣色很好！」我接過十元茶資，朝他搭訕。

「情人節，打砲節，我也慶祝一下，剛才喝了半瓶雙鹿五加皮。」

我忍不住想笑。難怪阿花不願意給他端茶。

「七月七日長生殿，夜半無人私語時，在天願作比翼鳥，在地願為連理枝。」高樹默聲地說：「七夕，定為情人節，還不錯；不過，各地的旅館招攬生意，舉辦什麼接吻賽、喝酒賽、肚皮口紅賽……這不是打砲節是啥？」

我端著茶盤回了櫃檯。

斜對面座位，坐著一男一女。男的約莫二十出頭，女的近三十歲。她是寡婦，身旁男子是她丈夫的胞弟。肥水不落外人田，這倒是蠻有意思的事。有人說是「亂倫」，高樹反對這種論調。男女之間，接觸頻繁，耳鬢廝磨，自然發生愛情。客人有人反對，有人贊同；也有客人覺得這兩人有點傻，如果戀愛，跑到這種光棍窩裡來做什麼？一舉一動，都有百十個男人觀看。多沒意思！

可是，這一對男女卻每週一定來喝茶，風雨無阻，而且聊得非常起勁兒。

有位穿西裝外套、身材魁偉的客人，每次進來喝茶，總有一些人圍攏過去，用諂媚的態度和他接近、談話。這位被稱作陶公的上校，是當前最紅的一位首長的秘書。據說台灣將籌辦一家電視台，這個陶公是內定的副總經理，所以不少人巴結他，想鑽進去撈鈔票。半個月下來，我也摸清了門路，想進電視台，如果沒有夠身份的人物推荐，比登天還難；不然就得做過首長的副官、隨扈，否則免談。高樹有一天對我發牢騷：如果關漢卿住在台北，他想去電視台當個編審，那是做夢！我問詩人：「請美國駐華大使寫一封介紹信，能進去麼？」他微笑回答：「馬上發聘書，報到。」

那些愛好文藝的人，彷彿茅坑的石頭，既臭且硬。他們低著頭寫稿，或是圍在一起吸菸、抬槓，批評這個的作品不通，那個的作品是反共八股。有個姓孫的嗓門高，他的理論說過好多遍，連我都能複誦而出：「寫小說，要用商業的手段吸引讀者，先使讀者對你熟悉，產生信心，然後再逐步推廣自己的思想。」

有人問：「照你這麼說，這跟賣西瓜不是差不多麼？」

「Sure!」孫某來了一句英文。抬頭瞅了我一眼。我正給客人加水。開茶館跟寫作一樣，茶葉好，招待親切，客人才上門。接著，這位頗有名氣的作家宣傳一個祕訣：「你們千萬要懂得成名要訣，不能老在一個雜誌上發表小說，今天在這本雜誌，下月在另一本雜誌；這禮拜在中央副刊發表，下禮拜在新生報發表，你得讓讀者記住你的名字……李德勝、李得勝，李得勝……不用半年功夫，你就成了曹雪芹、托爾斯泰！」

我提著熱水壺朝前走，走近高樹桌前，為他的茶杯加水。他朝後面撇嘴，冷笑：「作家賣大力丸，還有人聽，真他媽的不害臊。天下沒有不勞而獲的成功。屠格湼夫說過：只要是玫瑰，遲早總會開放的。哼！」

每到黃昏，高樹總帶著兩三位詩人去附近飯館進餐。彷彿他是孟嘗君，其他的皆為食客，偶而食客還帶女友一起去下小館。高老慷慨請客，面不改色，而且引以為樂。這倒是一件趣事。

有人告訴我：高樹年屆六旬，上校退伍，生活有保障。他的乾女兒常向他撒嬌、要錢。他當然樂於解囊。不瞭解的以為高老跟乾女兒有一腿，那可是天大的誤會。高樹底下的老二早已成了廢物。他只能拍拍女孩兒的肩膀，摸摸女孩兒的手，過過乾癮罷了。說這閒話是有點缺德，我不愛聽。

暑假期間，有一批大專文藝青年，也常在茶座聚會。這裡面有學者、教授，學院派味道重，他們是獨立王國，不太和茶客接近。這堆人有的醉翁之意不在酒，藉此機會搞戀愛，時常扯出三角關係，鬧出糾紛。站在做生意的立場，只要不影響客人喝茶，我們睜一隻眼閉一隻眼，不聞不問。這是杜老闆特別囑咐的話。

有位荀教授，美國文學碩士，他時常講述徐志摩具有浪漫主義的性格，客觀的觀察力，以及單純的信仰。荀某像一個傳教士，向那些文藝小青年講道。「記住，作家應該跟政治完全脫離關係，徐志摩就是如此，他有朝氣、愛幻想，終生不願從政，只望無拘無束地追求美，追求愛，追求詩，追求藝術。胡適最瞭解他，徐志摩的文藝思想、倫理道德以至私生活，都浸透了英國康橋文化的影響。」

「我喜歡他的《猛虎集》。」一個說。

「我愛讀他的《翡冷翠的一夜》」另一個說。

「徐志摩的《愛眉小札》，讓我百讀不厭。」一個長頭髮女生說。

「讀他的那首《別擰我・疼》真過癮啊。」笑聲，傳播到詩人高樹的座位。高老輕聲對身旁一個青年說：「徐志摩這首《別擰我・疼》，消極頹廢、庸俗輕浮，它是所謂民主個人主義理想幻滅的反映。」

文藝青年問他：「高老，徐志摩不是很崇拜泰戈爾麼？」

是的。泰戈爾訪華時期，徐某擔任翻譯，從上海到北京，卑躬屈膝，令人驚異。魯迅談到徐某對待泰戈爾「說得好像活神仙一樣，於是我們地上的青年們失望了，離開了。神仙和凡人怎能不分開呢？」

高樹的話，逗得幾個人哈哈大笑。那邊的學院派集團轉過頭來，觀看。一個留披頭的小伙子喊我：「喂，倒水呀！」

我提著開水壺裝蒜：「你叫誰？」

「叫你。」

「我這壺水涼，等一會兒，小姐為你們加熱水。」說著，我揚長而去。回了櫃檯，我拆開一盒順風牌香菸，抽出一根，燃著吸了一口，不錯，比雙喜菸強。這是一個海軍客人送給我的。

披頭青年怒氣沖沖走近櫃檯，指著我說：「叫你加水，你躲在這兒吸菸，你這是做生意的態度嗎？」

「你是哪個大學的？」

「你管我是哪個大學的做什麼？我是顧客，像你這樣散漫的態度，我以後不會再來了。」

阿桂急忙過來向他陪笑臉：「歹勢！歹勢！您別跟他計較，他的耳朵有點聾，可能聽不清楚您的話。」

披頭青年撇嘴、冷笑，嘴裡不停的嘟囔：「妳告訴這個沒禮貌的聾子，顧客永遠是對的。這是做店員的基本態度和認識。人家日本，顧客一進門，店員得向顧客鞠躬哈腰，伊拉賽伊馬謝……」

披頭走後，阿桂趕緊提著水壺去加水。我很難過，感覺對不起她。做什麼，像什麼；賣什麼，吆喝什麼。當年我在澎湖一一五團當兵，杜步青是我連的副連長，他任勞任怨，勤儉樸實，因為不會逢迎長官，始終升不了上尉。他原想聘我做會計，管帳。我的數學向來不及格，連雞兔同籠都弄不清楚。便把會計推到阿桂身上。單身漢，不愁吃穿，當然也不會去注意什麼「店員態度」。剛才那個大學外文系的披頭青年，彷彿出身閥閱世家，把我視為他家的傭人或司機。平心而論，我的態度也不像個倒茶的，卻像個兵油子。說句掏心話，這些滿嘴艾略特、徐志摩的屌孩子，在我眼裡只是一群蜉蝣，成長於夏秋之間，近水而飛，交尾產卵後幾個小時，就嗚呼哀哉。瞧那副流氓相，有什麼前途？

每逢這些人來此聚會、喝茶，我總是避開，讓阿桂、阿花去應付。幸虧這些文化渣滓偶爾來此聚會，否則總有一天發生糾紛。因為他們愛吵愛叫，有時還唱西洋歌曲，影響其他客人的情緒。

那年五月四日文藝節，客人滿座。大抵都是文藝界的朋友。偏巧有一桌大學男女青年，擺了一個大蛋糕，鼓掌，齊唱。四周的茶客也鼓起掌來，有的捧場，有的嗆聲。空氣驟然緊張起來。

杜老闆非常憤怒，他讓我過去干涉，制止吵鬧，否則請他們離席。

我迅速地換上一套保全人員制服，走近他們。

「你們在幹什麼？」

「海倫過生日，唱歌、祝福。」

「這裡是公共場所，你們要唱去中華路唱，請動身吧！」

「咦，奇怪。你是幹什麼的？」一個披頭站起來，問我。

「三春音樂茶座保全人員，敝人姓賈，柔道二段。」

旁邊，有個女孩用英語告訴披頭：「這個人可能幹過警察，走吧！」

我轉頭說：「我考了兩年警察學校，都沒錄取。不過，我當過副班長，你們不是我的對手，我能打得你們滿地找牙！」

整個茶座報以春雷般地熱烈的掌聲。

青年才俊走了。從此，三春茶座恢復了寧靜和諧的氛圍。

四

戴茂回了台北，去茶館喝茶，聽到吳老闆準備賣掉茶館，和別人合夥去西門町開台菜館。老戴慫恿我把它買過來，裝潢一下，獨立經營。阿珍的家在斜對面，門當戶對，有了照顧，豈不加速了婚事。

果然，談妥價錢，便開始著手內部整修工作。

來此的茶客，以退休中老年人居多。以座位舒適，茶點價廉物美，服務親切為宜。為了滿足茶客要求，增訂了不少港台報紙。開幕前，我和阿珍到地方法院辦妥了結婚手續，從此名正言順地住在一起，做起茶館生意。

老戴在香港改編了兩三個劇本，賺了一點港幣，唯一的苦惱則是語言隔閡，沒有聊天朋友，他因寂寞難熬，所以回了台北。臨別，蕭釗對他很不滿意，兩人幾乎因為意見不合而翻臉。

《自立晚報》副刊，老戴的讀者不少。他在香港的數年見聞，可以拉拉雜雜寫下去，像淡水河一樣長。每天下午四時，阿珍替他去取剛出鍋的水煎包。還是四個。偶而我也陪他喝一杯雙鹿牌五加皮酒，吃熱煎包。聊文學掌故、見聞，其味無窮。

香港是資本主義社會，群眾上班前，吃早茶，一盅兩件，翻看報紙，副刊則是雜文小品，短小精悍，七、八百字以內短文。因此，寫作者為了迎合讀者，每日得寫數篇文章方能維持生活。作者光找題目、題材，就得挖空心思、絞盡腦汁。

蕭釗離婚後，恢復單身生活，每天寫專欄小品，題材以京劇掌故為主。老蕭是京劇迷，原以為到了香港可以聽到名角兒唱片，可巧神州大陸正在推展京劇現代化，江青倡導革命樣板戲。蕭釗卻丈二和尚，摸不著頭腦。只有寫些舊時代的菊壇軼事。他的努力方向，寫小說，已無法實現，這是非常令人惋惜的事。

戴茂早說過，蕭釗是不應該離開台北的。既然文藝進入死胡同，還有什麼前途？

文學商品化，從香港逐漸浸漬台北，台北的報紙副刊，可見端倪。有些人公開提出「短小輕薄」路線，就是香港「一盅兩件」的翻版。如果老戴不去香港，他還看不出這種文藝畸型發展。可見「讀萬卷書，行萬里路」是正確的。

對於當時江青倡導革命樣板戲，老戴表示沉默，他總認為沒有調查研究沒有發言權。只是他認為京劇若想繁榮，不做普及大眾工作是不行的。站在這個立場，他支持江青，批評齊如山稍顯固執，京劇如果只在少數人的圈子裡，自我娛樂，那將會滅亡的。

戴茂有一則雜文，引人矚目。有一次，他在一群京劇迷間發表意見，當即被人制止。因為這些京劇票友堅持京劇不雅，應正名「國劇」。齊如山的作品皆通稱「國劇」。其實，京劇的發展已有二百多年歷史。一七九〇年，清乾隆五十五年，四大徽班赴京演出，於嘉慶、道光年間和來自湖北的藝人合作，相互影響，接受了秦腔、昆曲的傳統劇目和表演方法，最後形成了以西皮、二簧為主要腔調。歷經長期名角的改革，才成為現代的許多京劇戲碼。老戴在文章中說：「有人認為把國劇說成京劇，是輕視國劇；還說老共把國劇改成京劇，咱們不應該跟著他走。」試問，老共什麼時候將國劇改為京劇？何人，誰能指出來麼？莎士比亞的四大悲劇，也沒稱為「國劇」，這豈不是開玩笑麼！

對於戴茂在香港待了四、五年，最後回到台北，又坐在中華路茶館喝茶，吃水煎包，寫雜文，我覺得有趣。台北有什麼留戀的因素吸引著他？這是讓老戴難以解答的問題，甚至他的說法，別人也許聽不明白。

戴茂提起美國作家海明威在一九五〇年自殺後，由其最後一位妻子瑪麗為他整理出版了回憶錄《流動的聖節》，書前有一首〈贈友人〉的詩句：

假如
你有幸在巴黎度過青年時代

那麼
在此後的生涯中，無論走到哪裡
巴黎都會在你心中
因為
巴黎是一個流動的聖節

戴茂在二十世紀五〇年代到了台北，高雄來的，台東來的，四川來的，山東來的，坐在這家茶館喝茶，你的命運和遭遇影響著我，我的命運和遭遇影響著你，這就是文學創作的活動的源泉。海明威說過，如果他一直蹲在美國，就如同裝在玻璃瓶內的一些蚯蚓，它們互相攝取知識和營養，即使到了古稀之年，也沒有進步。

老戴瞅著阿珍鼓起的小腹，微笑。「台北在進步，台北在繁榮，因為這個都市的生命在綿延、搏動，我喜歡這個地方！」

台北的漫長的冬季，多雨，陰天，雲層很厚，但是不少茶客面帶微笑，心中存著陽光。看看報，聊著時局，以及地方社會新聞。

過去，想盡方法挖空腦筋朝海外移民的，如今陸續回了台北。戴茂不是命相家，不是諸葛亮，他怎麼早在十年前便作了預言，走到任何地區國家，像魯迅在酒樓上無意中碰見少年伙伴說的話：「不過繞了一個小圈子，便又回來停在原地。」不少人到了外地，離婚、生病，甚至失業，最後還是回了台北，坐在中華路茶館喝茶、聊天。

這種移民、返台的心回意轉過程，外省籍的豪門權貴是不理解的。學院派的詩人、小說家也寫不出來，即使勉強寫出來，也是隔靴搔癢，驢唇不對馬嘴。戴茂鼓勵我：「賈明，你來動筆，我來講出愛台北的心機。咱們以文學為名，朗讀台北！」

你別說酒話，我不是海明威，我怎麼能記錄下二十世紀的台北人的生活和心境？

老戴駁斥我：海明威沒有到過台北，他一個字也寫不出來。魯迅也寫不出來。文學和現實生活不能脫節，如果不把握時機寫作，那是浪費了青春時光。

那天下午，楊東均一個人，灰頭土臉走進茶館。我問他這兩天為啥沒來？他嘆了一口氣，他的好友于強亡故，他去幫忙處理身後事宜。我暗自吃驚，于強年近六旬，身體不錯，他倆時常一塊來喝茶，雖然是浙江人，也都是煎包隊員。

泡了茶，我輕聲問老楊，于強倒底是怎麼死的？他點上了菸，吸了兩口。于強前年起，託一位跑商船的水手向浙江黃岩寫了一封家信，報平安，什麼也沒寫。不過，那邊一直沒回音。後來，又寫了兩封信，寄給他的胞弟于壯，回了信，寄到日本，原信退還，上面寫了「此人不在」四字，蓋了郵局印戳。于強不甘心，以為于壯遷居他處，又託人寄出了信，信又退了回來，上面寫了「此人確已死亡多年」，于強心灰意冷，一時想不開，竟然上吊自殺。他給退輔會找麻煩，連我也不諒解他。楊東均激動地說：「老賈，你說于強給大陸寫信，這不是自尋煩惱嘛。吃飽了撐著。想起來我就有氣！」

他不是還有點積蓄麼？

都託朋友從日本換成美鈔，寄回家鄉，一了心願。于強這件事還算做的不錯。

在旁邊寫稿的戴茂，擱下了筆，插話：「不錯。咱們被老共打敗，趕出大陸，還能在台灣省吃儉用，積存點錢，偷偷寄回去，不錯。不過，這件事做得有點矛盾。」

這話怎麼說？

為什麼勝利的一邊，沒有想到這些「窮寇」有沒吃的，有沒喝的？反而「窮寇」卻向戰勝的老共方面寄錢呢？這是不是有點矛盾、奇怪？

楊東均笑起來。有趣，有趣，這是任何人都沒有想到的問題。老戴說，他在香港，也沒想到這個矛盾、奇怪的問題，只有回了台北，才悟出此事。老戴嚴肅地說：「台北搞文學創作的，特別是寫小說的，為什麼不把這個主題，塞進作品中去，多麼吸引讀者！而且給後代的人留下歷史的烙印。老是寫那些鄉愁啊無病呻吟的詩句，可笑，可悲！」

于強過去在馬祖蹲了十年，冷風吹黑了他的面孔，他沉默寡言，專心駕駛中型小客車，在崎嶇陡峭的山路奔馳。他老實得跟木瓜一樣，低頭吃飯，埋頭看書，從不跟女人說話。年近四十，他也沒有成家打算，他的老班長楊東均問他：「菜場的那個賣魚的姑娘，不是挺喜歡你嗎？可以託人去說媒呀。」于強紅了臉，他說參加國軍當兵，半個月前，他在黃岩結過婚，村裡男女老少坐了十幾桌。將來反攻大陸，回去，怎麼向他家裡人解釋，良心何在？就這樣拖延到退伍，于強自縊了事。

阿珍進醫院生產，也許年輕體質健壯，非常順利，母子平安。一週後回家，由我岳母照顧。嬰兒愛睡，醒了吃奶，吃飽了又睡，看起來長大了是個胖子。阿珍不准我評論，好像台北的現代詩人，不容許別人的批評，你看不懂就閉嘴，這其中的奧妙只有詩人知道。

談到現代詩人，戴茂就火冒三丈，他說台北的現代詩人比菜市場的老鼠還多。文壇的壞風氣，就是從他們那兒興起，實乃始作俑者。他不和三種人打交道：

幫派學者
官僚政客
現代詩人

老戴告誡我，跟這三種人交往，沒有益處，只有災害。他說北方有句諺語，「跟著好人學好人，跟著巫婆學下神」，若是和有學問、有道德的人，在一起聚會，如入芝蘭之室，久而不聞其香；但和這三種人坐在一塊喝茶，便會感染了狂妄、自負、神經、傲慢的毛病，不久便會發生互相撻伐、殺害的悲劇。海峽對岸有個詩人，帶著妻子到了澳洲，精神病發作，先用斧頭砍死妻子，然後自殺，這個詩人名叫顧城。

通過老戴三年的調查研究，中國大陸新時代寫詩人的變化，從正常轉為神經，從謙虛變成狂妄，從質樸走向西化，是受了台北現代詩人的傳染、影響，這個惡果，老共的「作協」也不知道。將來，文學史會記錄下來的。

沒有這麼嚴重吧！我不相信。

老共從五〇年初，胡風事件、反右鬥爭，以及史無前例的文化大革命，成千上萬的詩人、作家被關進牛棚，進行思想改造，他們怎麼敢狂妄、驕傲？這不是海峽兩岸文化交流帶過去的影響麼！

依你的觀點，誰是罪魁惡首？

胡適之、徐志摩這些文化敗類，咱們還把他當偶像膜拜，蠢啊！

可是，他們寫進歷史了。

汪精衛、袁世凱也寫進歷史了；愛新覺羅・弘曆那個王八蛋也是歷史上的皇帝，寫了四萬多首詩，賈明，你不是文學系畢業的麼，背一首乾隆的詩給我聽……

我不知道乾隆是詩人。

戴茂哈哈大笑。

待他冷靜下來，才向我說出掏心話。他的牢騷，別人是姑妄聽之，置之不理。即使投到報刊，編輯也不敢發表，因為這些人物已佈建了樁腳，你無法拔掉他的地位。「明弟，我的身分低，沒學歷，沒背景，只能講給你聽。如果我是從建中、台大、美國哈佛大學留洋回來，在台北講一句錯誤的話，也有不少青年作札記，這就是中國傳統文化的精神。」

來來來，來台大；去去去，去哈佛！我在茶館聽過這個順口溜。

去他媽的蛋！拿瓶酒來！

我故意拿了半瓶雙鹿牌五加皮酒，倒給他喝。

怎麼，才半瓶？

我請客。少喝點。煎包快出鍋了。

談到水煎包，在坐的茶客反應紛亂，這個三個，那個五個……我腦筋默記，心裡有數。岳母做的水煎包，不是「老王賣瓜，自賣自誇」，台北市還找不到第二家。好吃、便宜，而且衛生。二十年沒漲價。同行嫉妒，顧客暗自歡喜。

有些顧客開玩笑，慫恿岳母競選市議員，一定有不少人投她的票。岳母說，她有了外孫，比當選市議員還高興。再說，她只有老松國民小學的學歷，根本沒有報名的資格。

岳父是老實人，愛向顧客揭她的瘡疤，有一次，一家報社記者訪問，她對答如流，比市議員的嘴巴還快。

阿巴桑，妳做水煎包多少年了？

四十年了。

水煎包最大的用處，請妳向讀者介紹一下。

吃飽了不餓。

它有什麼缺點？

我的水煎包，韮菜餡兒，吃了嘴巴臭，跟人家親嘴，不行，一定失敗；還有一個最大的忌諱，韮菜會引起血液急促循環，外省人說，吃了起性子……

什麼叫「起性子？」記者用筆在寫。

旁邊一個吃水煎包的老頭兒，插嘴說：「韮菜可以引起性慾。廟裡是不吃這種蔬菜的。」

記者問：妳有沒有改善這種缺點的計劃？

岳母搖頭，傻笑。「我做過一次高麗菜餡兒的，很少人買。我後來專做韮菜餡兒水煎包，反正吃了起性子，也沒人告我，做吧。一做四十年。十五歲起，今年我五十六，我外孫才虛歲兩歲。」

記者向岳母建議，為了推廣水煎包，她將首先發表一篇專訪，向台北市民宣傳，並且將每年舊曆七月初六，訂為「水煎包節」……

岳母急忙揮手，小姐小姐，千萬別寫，我送給妳一盒香水，拜託別寫；妳要宣傳林家水煎包店，明天我就歇業，回家抱外孫去！

最後氣得那個女記者，噘著嘴走了。

五

這件漏網新聞在西門町不脛而走，卻引起顧客騷動，每天。林家水煎包剛出鍋，門外便呈現大排長龍的景象。每人限購四個的告示，張貼出來。否則會把林老夫婦累斃。岳母拜託戴茂寫一篇雜文，說吃了林家小店的水煎包，會發生嘔吐、腹瀉、胃疼、發燒的現象。老戴哼而哈之，表示同意。轉頭對我感慨地說：「如果咱台北的現代詩人，透露自己寫的皆是拾前人的牙慧，改頭換面，掐頭去尾；有的是模倣西方文學的垃圾、渣滓，轉過來欺瞞咱台北的善良的文學青年。他們向阿巴桑學習，回歸質樸誠懇的詩人態度，那有多好！我會向上蒼膜拜、磕頭。」

楊東均是老芋仔，不太激動。他過去參加隨營補習教育，中學程度。

他對寫新詩的人，敬而遠之，不敢交談、接近。

為什麼？

老楊說出了掏心話：他從小就怕神經病人，只要碰上，趕快開溜。寫新詩的比看新詩的人多，他們講話手舞足蹈，像吵架，讓人害怕。他只要看到詩人，馬上鞋底抹油，溜之大吉。在老楊的印象中，詩人就是瘋子、神經病。瘋子打了人，白打，連警察都躲著他們。

戴茂在香港時，也和當地文藝界人士喝茶、聊天。大家得到的結論：五四運動，在文化藝術上留下負面影響，實在是難以解決的禍害。新詩就是無法根治的腫瘤。老共的文化大革命，橫掃一切牛鬼蛇神，卻扳不倒新詩的作者，看起來咱這一輩子沒指望了，讓那些西化的、朦朧的、莫名其妙的瘋子在文壇胡攪吧！

我很納悶，戴茂是文人，他批評詩人，也許出於嫉妒心理，但是楊東均是位老兵，跟文藝不沾邊，他懼怕詩人、遠離詩人，這是什麼緣故？如果寫詩的先進得到這個訊息，他們應該開始檢討了吧！若是再不覺悟，說句難聽的話，即使寫到死，也沒有用，因為讀者不看你們寫的鬼畫符，看不懂。

台灣的民主風氣，逐漸展佈開來，從茶館茶客的談話，可以作出具體的反映。

老楊有一次向我傾訴身世，他在當排長時，參加了徐蚌會戰，寒冬風雪季節，餓得心裡發慌，南京派飛機向包圍圈的國軍弟兄空投大餅，他咬在嘴裡，眼眶噙著淚花，心中默默向蔣總統感恩；後來被俘，老共訓練了三個月，領到北海券、解放證，他到了南京，找到了部隊，撤退到浙江舟山群島。人事單位把他降為上士班長，他不服氣。這是上級政策和命令，凡是被俘歸來的軍官，永不錄用。

楊東均說：老頭子這個命令，沒人情味兒啊！

他說這句話時，兩隻乾癟的手捂著臉孔，哭了。

我低下頭，不知怎麼安慰他。

老賈，你想一想，老共訓練我三個月，我就能變麼？他們有這麼厲害麼？人家美軍被俘歸來的軍官，被稱為英雄，咱國軍被俘歸來的永不錄用，老頭子這不是欺侮人嘛！

楊東均認真負責，在步兵連、汽車排當班長，最後以士官長退伍。他心裡嘔氣，從未有成家打算，如今仍是光棍兒，住在榮民之家。台灣「九二一大地震」，楊東均和于強各捐了五萬元，表達他們對台灣親人的愛心。可是于強也已經自裁，離開了人世。這些民間瑣事，層峰怎會知道？

老楊拉起棉毛衫，讓我看他背上的傷疤，這都是三年內戰期間被老共打的。他對負傷無怨無悔，認為自己能活到今天，還算運氣。他說，國共這場戰爭，打得莫名其妙，倒霉的是士兵和老百姓。他說自己的知識淺薄，不會作文，他勸戴茂把他的牢騷寫出來，讓大家一起來評評理。

老戴嘿嘿直笑：「我敢寫嗎？寫出來在哪兒發表？」

那時不少黨外青年開始寫文章攻擊政府，有人贊成，有人反對，多數人保持沉默，靜觀其變。學院派的詩人作家和學者，比較圓滑，他們躲避政治是非，只享受果實。他們以為一般人不懂，其實他們葫蘆裡賣的什麼藥，別人都非常清楚。

蕭釗在香港感到孤獨、無聊，每天給報館寫短稿，為了謀生。想回大陸定居，確非易事，每個文化機構人滿為患，你冒然走進大門，警衛人員問：「你找誰？」

我是作家。

作家就回去寫作吧。

蕭釗給老戴透露，曹聚仁到了北京，把周作人的一包稿子拿到香港，想為他賺點版稅，但到處碰壁。周啟明是著名散文大家，魯迅胞弟，尚且如此，他蕭釗寫了兩三本小冊子，有啥前途？

戴茂勸他回台北。

他沒面子返回。當初，梁實秋看了他那冊中篇小說《百家姓》，京味十足，在報上誇獎了一番。老梁死後，沒什麼名人為蕭釗捧場。他佩服老舍，老舍被紅衛兵羞辱一番，然後投太平湖自殺身亡。蕭釗前不歸村，後不把店，蹲在香港「一盅兩件」過爬格子日子吧。

戴茂瞧不起詩人作家，這些人以為自己「了不起」，在統治階層眼中，祕書材料。博學多聞、廣為涉獵的《四庫全書》總編輯紀曉嵐，在乾隆眼中，娼妓、戲子而已。台北作家多如流浪狗，蕭釗又算得了什麼？老戴向我打賭，蔣家父子若知道蕭釗之名，他去跳淡水河！

台北的民主尺寸越來越大了，這是黨外青年爭取而來的。春江水暖鴨先知，寫雜文的戴茂瞭解最早。他走進茶館，指著報紙評論：你看，這些詩人逃亡加拿大，說好聽是「移民」，說真話是「溜號」，多蠢啊！為什麼不留在台北寫作，寫出與時代相呼吸的優秀作品，留傳下去。他們去外國會說ＡＢＣＤ嘛？

這些混跡海外的文化人，比不上蕭釗有骨氣，每年回台北領退休俸、治病，順便在大專院校弄個「駐校作家」，撈點旅費回去。

偏是台北的文化主管，腦袋中尚有「外國月亮比台北圓」的遺毒，見了他們像見到山姆大叔，有點自卑感。翻箱倒櫃，找出半世紀前他們在壁報上發表的「現代詩」重新發表，讓文藝青年重溫舊夢。戴茂越說越生氣，怎麼這些文藝雜碎不患心肌梗塞，一命嗚呼呢！

快了，一個個變成植物人，進安養院了。有位茶客安慰老戴。

戴茂的牢騷，畢竟不是潮流，因為大多數人仍是不關心文藝的。海峽兩岸解凍，人們去大陸探親，從偷偷摸摸到正大光明，從先去外國轉赴大陸到先去香港轉往大陸，經過七、八年歲月，政府沒有明確的表示，使人民浪費了不少冤枉錢。這是值得檢討的。不少茶客聊起此事，總會生氣。客觀地說：台灣的人才還是太少，雖然碩士、博士滿街是，沒用。那些傢伙只懂如何突破托福關卡，走出國門。至於如何解決兩岸親屬會面問題，漠不關心。

從茶客閒聊，聽出時代的悲劇，也悟出國共鬥爭數十年，跟北洋混戰情況相似，胡鬧、荒謬，毫無價值，沒有歷史意義，讓廣大的炎黃子孫倒霉、遭殃。

一日，戴茂說了良心話。如果我不坐茶館，我真不瞭解兩岸隔閡衍生的悲劇。寫作，閉門造車，胡編瞎扯，湊字數，騙稿費，毫無用處。如今聽了他們探親回來的觀感，才是偉大的收穫。蔣氏父子不知道，毛澤東、鄧小平也不知道，至於江澤民、胡錦濤、李登輝、連戰……他們可能還不知道有這些悲劇的故事。

戴茂嘴巴兇，膽兒小。過去在部隊當過文書士，從未摸過槍，可是到了香港，仍不敢給他母親寫信。後來，蕭釗託了一個朋友，順便捎了兩千元美鈔，帶了平安家信，信上只表示戴茂還活在人間。那人見了白髮的老太婆，告訴她是老戴的朋友。

他……還好吧？

好得很，飯量大，兩碗。跟毛主席一樣愛吃紅燒肉。

老太婆顫微微地走到他的面前，跪了下來，哭了。她嘴裡不停地說：「感謝黨和毛主席，保佑娃子多活幾年，回四川……」

是的，毛主席在陰間也會庇佑住在台北的四川老芋仔吃水煎包、喝包種茶，抽新樂園香菸，這種偉大的恩情，三天三夜也說不完。

老楊的戰友，沒去黃岩。他的胞弟于壯接到信，激動地當場昏倒在地，心肌梗塞而死。當地政府謊稱于壯「死亡多年」，安慰他。他自裁後才間接地得知這個消息。于強的妻子並未生育，十九歲結婚，守寡三年，嫁到寧波，如今已是六十開外的老太婆。她是否有無子女，楊東均一直茫然不曉。

這些流傳在台北茶館談出的故事，無人關心，也沒人去整理，過不了多久，它們便會在人間消失。

那日，戴茂告訴我蕭釗惡耗，他晚年菸癮甚大，在床上看書吸菸，睡熟。菸蒂燃著了床單，起火。他和廣東妻子被火灼傷，送進醫院。蕭釗的妻子救活，但蕭釗卻不幸死亡。這是香港報紙刊登的新聞。老戴感慨地說：你去街上問一問文藝小青年，他若知道蕭釗，我不姓戴，他們恐怕連蕭紅、蕭軍也不知道。

從我開茶館起，便特別對茶葉的品質作了調查研究，我曾跑遍了北縣坪林、石碇等地的茶園，進行評鑑。同時也和茶商作了長期的合作，要品質好、價格公道，不能以天氣變化等理由，任意哄抬茶價。

近十多年，茶商為了開展顧客，每年舉辦比賽活動。選出什麼頭等獎、二等獎、三等獎，以及優勝獎的名稱，藉以引起顧客的興趣，客觀地說，他們的評選過程，也很嚴格公平，選出的「頭等獎」茶葉，確是香醇可口，不過價格實在驚人，每斤有的高達萬元。

比賽茶葉，對我們也有一些影響，水漲船高，茶價無形中提高了些。但是，我們必須保證茶葉的品質，否則茶客是有意見的。嘴上不說，心裡有數。而且我內心有愧，不敢多向他們解說。

直白地說，十元一杯的清茶，有時付出茶葉的本錢，高達七元；若加上開水、人工，我們是賠本的。為了拉住顧客，賠本也得做下去。

常喝茶的人，猶如常喝酒的人一樣，一口下肚，他便嚐出茶葉的等級。若想矇騙茶客是辦不到的。正像孔乙己在咸亨酒店喝酒，小伙計若想在酒裡羼水，那是瞞不過他的眼睛的。

老戴有一天說了掏心話：他在香港時，也在茶館飲茶，無論氣氛、環境、空氣，甚至茶葉味道，都比不上台北中華路茶館。他回台北，喝茶是原因之一，也是主要的原因。

楊東均愛看老戴的雜文，曾問他：「你在香港，買一張車票到了廣州，你回台北做什麼？沒家、沒兒女，也沒財產。要是我是你，我決不回來！」

你別害我行吧！戴茂的相貌，老江湖，滿臉落腮鬍，他飾演大盜、特務、惡霸不用化妝。若是他進了廣州，老共一見他的容貌、打扮，一定認為是台灣派來的特務，他否認；但是秀才遇見兵，有理說不清。再說，他的胞弟戴盛從朝鮮戰場回了家，亂講話，反右時被押送到新疆勞改場。若是戴茂回去，裡應外合，破壞社會主義治安，關在一起唱《東方紅》吧！

這些意外的事，不能置若罔聞。何況老戴回了四川，指望啥生活？他寫的那些舊社會軼事，人家登出來給誰看？

戴茂吃了秤坨鐵了心，注定了在咱台北中華路這間茶館，寫稿、作茶客吧。

六

戴茂在茶館寫雜文，旁觀的我，覺得他似愚公移山，艱苦工程。時常，半天寫不出一個字。雜文，文史綜合的散文，有可讀性。單是史學，不免枯燥；單是文學，又很空洞，古代作家莫不以文史為一事。老戴僅憑記憶，腦海中裝的材料畢竟有局限性，時間久了，有的忘記，有的互相糾葛，理不出頭緒，所以古時士子多寫札記。用現代的話，即學生聽課作筆記。戴茂不作札記，僅靠聊天，勾引往事記憶，因此時有淘不出東西的苦惱。寫雜文，常在千字以內，再多就顯得囉唆了。

依照當時稿酬計算，台北的行情，千字只有七、八百元，老戴寫一篇雜文，僅得四百元，只能應付喝茶、吸菸，吃水煎包而已。客觀地說，按字計酬是不公平而不準確的，它有影響作品品質的負面作用。

魯迅筆下的咸亨酒店的酒，呈淡醬色。確實味美，我曾喝過。在酒店的小伙計，都有祕密羼水的技巧。當年輕時不解其故，如今看了老戴寫雜文，才知道若不羼水，根本無法維持生活。

有一位茶客曾建議戴茂寫鬼。他付之一笑。繼而嚴肅地說，寫鬼並非易事。蒲松齡的《聊齋》，堪稱傑作。但所寫的鬼的題材，僅是〈畫皮〉數則而已。其它的皆是談狐的故事。

為什麼難寫？

老戴說：因為世上並沒有鬼。誰相信有鬼，他就是欺騙讀者的鬼，離他遠點兒。蒲松齡筆下的鬼，只是借古諷今，發洩內心對封建科舉制度的憤恨之情而已。

蒲松齡屢試屢敗，只得在家寫作，反而成了著名作家。如果他中舉，將來當個七品縣令，像鄭板橋似的，過了兩年官癮，耽誤了寫詩、作畫的時光，划算麼！戴茂非常同情台北的參加聯考失意的青年，跑到南陽街補習班受罪。他說這種現象，跟過去「學而優則仕」的制度一樣。「將來，你的兒子長大，不要逼他升學，那是不智之舉。」

還早呢。說不定到了他長大之後，聯考制度已經廢除了。

正在這時，一位電視劇製作來見戴茂，談論他的製作電視劇的構想，向老戴請教。初步計劃先討論劇情，編劇，再進行拍片。劇名暫定《野店》，描寫過往旅客，龍蛇混雜，牛鬼蛇神，摻雜了妓女、商販，以及賭徒和跑江湖藝人。這位製片人想把編劇找來，討論如何發展劇情，請老戴作個結論，再去編劇。時間暫定半月，為了遷就戴茂，讓三個寫劇本的小青年，每日下午來茶館和戴老聊戲。

戴茂吸了兩口菸，微笑。他說這種劇情是跟香港學來的。可以嘗試。《乾隆下江南》即是例子。它可以任意安排劇情，加派角色，拖長戲劇，綁住觀眾。不過，劇情應有一定的主題，故事必須有正確的發展，而且有導正人心的作用。否則湯圓水餃一鍋煮，亂七八糟，觀眾一定倒盡胃口。

製作人是戴茂老友，他向老戴說明，將來每集寫成，請老戴審查定稿。稿酬致送百分之四十。半月之間的茶資、餐費由他負責。老戴說，他的晚餐費用自理，因為他不願和年輕人一起用餐。他只吃幾個水煎包。

老戴的座位，暫時作了調整，一張長茶几，兩邊各擺兩張籐椅。好讓他們四人討論劇情。

這齣《野店》電視劇集收視率不錯，製作人繼續找編劇在茶館和戴茂集會，討論劇情。原先他們想安插一位女編劇，老戴堅持反對，他說女人在場，聊劇情不自由，有時他會冒出屄呀屌的髒話，惹人討厭。再說，我們茶館的客人，多為中老年人，三兩個月不見一個女人，來的女客，也是四、五十歲的阿巴桑。阿珍自從生了孩子，從未再進過茶館。

一日，製作人在座，戴茂發表一番理論，電視劇的題材吸引觀眾，只重視娛樂，商業化，但是也得偶而播映一點和現實人生有關的題材作品，才有藝術價值。他舉出具體的意見，譬如這座茶館，每天有些老芋仔喝茶，他們的苦難身世，政府漠然以對，誰也不會關懷他們。如果電視劇把他們的內心苦悶、願望表達出來，多麼感人！

製作人說：戴老意見很好，不過這種題材的戲，一般觀眾沒有興趣，浪費成本。

戴茂說，他也曾考慮過這個問題，不過，只要編劇下功夫，深入地挖出劇情，同樣可以撼動人心，引起共鳴，爭取收視率。那日，也有編劇同意嘗試，但是討論結果，製作人還是不敢決定，因為一齣連續劇的失敗，將會造成家破人亡的悲劇。

有位編劇替製作人辯護，電視商品化是潮流，是趨勢，無法阻擋。最近北京攝製的電視劇，淨是辮子戲，乾隆皇帝的那副流氓相，已經到了天怒人怨的地步。可是為了撈人民幣，製作人充耳不聞，照常攝製清代的帝王戲，江青若是九泉下聽到此事，一定跺腳罵娘！

戴茂終於說出結論：作家詩人，別夢想讀者的水平比自己低；電視編劇，千萬不能低估觀眾，觀眾之間隱藏著不少文學家、心理學家、歷史學家和哲學家！他說：「別耽誤時間，咱們還是繼續談這個連續劇吧！」

那夜，我曾作了一個統計：北京在文革之前，也就是一九六六年之前，出版了大約精裝六冊「電影文學劇本」，包括《林則徐》、《女籃五號》、《我這一輩子》、《英雄兒女》等；文革以後，我在台北書店買了兩冊電影劇本《大宅門》上下兩本。說句良心話，水準極差，慘不忍睹。至於咱台北，從電視劇播映以來，數十年矣，正中書局印了幾冊《長白山》劇集，水準跟《大宅門》差不多。為什麼電視劇甚至電影不能印成書呢？一句話，不值得看，浪費時間。

戴茂雖然時常和電視編劇討論、聊天，但並未影響他的雜文創作。雖然雜文掙不到錢，混不飽肚子，但是他對電視劇卻是深惡痛絕的。正如同西門町的野妓花枝招展，性感風騷，卻避而遠之。

阿珍為了照顧兒子，作了幼稚園老師，一天到晚陪孩子。偶爾興趣上來，她也趕不上往昔那麼熱情、奔放。大抵生過孩子的忘不了疼痛的往事吧。

那天討論電視劇，製作人一陣心血來潮，討好戴老，邀約他客串跑江湖的盜首，在妓院飲酒作樂一場戲，並且讓我飾演嫖客。夜間排戲，不影響茶館生意。製作人將贈送七千元報酬。我婉拒此事。

陪我去吧！老戴催促我。

阿珍一定反對。

大家哄然大笑。

在翠花樓酒家，跟妓女摟摟抱抱，最多摸摸奶子，也不打炮，有啥反對的？我負責。戴茂為我撐腰。

晚上，為了向阿珍獻殷勤，首先鼓足幹勁，灌溉了她乾涸的溝渠。趁著她心滿意足，我把拍戲的事說出來，哪知阿珍立刻翻臉。

演這種戲，讓咱同學看了，你還想在台北混麼！

假的。親一下妓女脖子，摸妓女大腿，逢場作戲，播出來頂多二十秒鐘。製作人送七千塊，還不是老戴的面子。

不行。你摸妓女的大腿，我砍掉你的手！你敢？

在妓院跟妓女飲酒作樂，摸摸抱抱，才有戲嘛。別忘了我演的是「嫖客甲」，不是演審案的包青天呀！

不行。明天一早，我把孩子送到幼稚園，就去茶館。誰要帶你去翠花樓酒家拍戲，我告到他去警察局。雖然阿珍爽約，人家拍戲工作照常進行，臨時抓一個「嫖客」，五、六百元，搶著上鏡頭。製片人嘴上說「遺憾」，心中卻樂不可支呢。

那日戴茂碰見阿珍，他對阿珍說，賈明有表演天才，以後若是有神父、和尚、道士、牧師這樣的角色，人家邀請他去拍戲，妳會同意吧？

阿珍馬上搖頭，不行。

演什麼戲，妳才同意呢？

水電工人、給茶客沖開水的伙計，賈明可以去演，不給酬勞也沒關係。朋友，互相幫忙嘛。

這件事給予戴茂無限地感慨，他至今悟出英國培根的話確有道理：有妻子者，其命定矣。不可以為大善，亦不可以為大惡矣。老戴抱獨身主義，自由自在，無拘無束，沒有女人束縛他，多麼快活！

電視製作人給茶館帶來不少茶客，他們來這裡談演戲生意。副導演、演員經紀人、劇務人員，也有來自香港的電視製作人員。他們坐的時間稍短，川流不息，這對茶館生意有收穫。不過，戴茂卻不耐煩，他已很久未來，大抵換了地方。他去了哪家茶館，我不知道。

自從「嫖客甲」事件之後，阿珍對房事的興趣，捲土重來。週末，我得親自澆水、灌溉，使她容光煥發，欣欣向榮。遇到興趣高昂的時期，一次還不滿意，另外加演午夜場，累煞人也。

那天傍晚，我去拿水煎包，發現戴茂坐在裡面正在吃。我問他去哪家茶館了？他說：三春音樂茶座。你的老長官開的。他說你過去在那裡當過管理員。

杜步青為人厚道，生意還做的不錯。只是那些大學文藝青年，時常喧嘩吵鬧，惹人厭煩，我所以離開那裡，就是這個緣故。老戴囑我抽空去一趟，幫老杜修理冷氣機。

那些胡適的徒孫不吵了吧？

都走光了。出國的，當了講師的，還有戴上烏紗帽的。現在清靜多了。換了一些退休的官僚政客，反正我跟他們老死不相往來。

若是以我開的「台北茶館」和「三春音樂茶座」相比，我是丙級，「三春」是甲級。若不是電視製作人來「台北茶館」找到老戴，「台北茶館」怎麼會招引了那麼多影視界的人？說起來真是歷史的誤會。

老戴去「三春」喝茶，安靜，專心寫稿，比在「台北茶館」強。唯一的遺憾，他吃水煎包得多走點路了。

我為「三春」修好了冷氣機，杜老闆想和我合夥經營「三春音樂茶座」。我笑而拒之。他是誠意，離家四十多年，他的孫子已作了幹部，兒子任茶陵縣委副書記。想回湖南走一趟，卻脫不了身。

「連長，你是長輩，叫他們來看望你才對啊。」

聽了我的話，他琢磨了一下，覺得有點道理。

臨走，老戴問我，那些電視圈的混混兒，還常去「台北茶館」麼？我點頭。他說：等他們滾蛋之後，我再回去。

若想在電視圈混飯吃，老戴這種孤傲的性格是不行的。他有上士退休俸，不怕挨餓，否則僅靠在晚報副刊寫點雜文，那只能喝茶而已。如果他能屈就，在電視劇中客串角色，並非難事。既然能演，卻又瞧不起電視劇的不合情理現象，抱著羞與為伍的心理，那只得吃便當、吃水煎包了。

電視圈的混混兒來「台北茶館」喝茶，是戴茂間接為我招來的顧客。顧客上門，笑臉相迎，才是為商之道。我不能為了戴茂的喜怒心情，把這些茶客掏走吧。

那正是端陽節，傳來老戴患了中風，進了台北榮民醫院。不少喝茶的電視圈的人，湊了兩萬塊錢，託我給他送去。我很感動。老戴的性格，死要面子活受罪，電視界派人送錢，他會罵人的。我只有硬著頭皮抽空騎機車去醫院看他，把這兩萬塊錢順便帶去。戴茂收下錢，眼淚撲簌簌滾落下來。

唉，我對不住他們。

他的嘴巴有點歪斜，說話很吃力，發音也變了腔調。住了五天，醫院就催他回去休養，因為床位比較緊張。

戴茂休養了不到半月，便恢復了正常的生活規律，每日下午二時左右，來「台北茶館」喝茶、看書、寫稿，有時也替電視劇組的修改劇本。那些年輕人都喊他「老大」，他成了台北電視圈的「杜月笙」，不過人家杜老腰纏萬貫，揮金如土；戴茂卻貧無立錐，安心恬淡，還時常拖一屁股債。

關於杜老邀我合夥經營「三春音樂茶座」的事，不但阿珍反對，戴茂也不贊成，他們認為「台北茶館」雖小，客人少，但是自己是真正的老闆，主人！再說岳母就在斜對面開水煎包店。將來台北市區若擴展建設計劃，說不定合併成「台北餐館」哩。

七

台北另一家晚報副刊主編，到茶館找老戴寫個專欄，我也參加商議。戴茂的文筆不錯，穩重樸素，沒有花招。缺點則是生活散漫，寫作不甚勤快，能督促他的人，台北市只有三、四人，我是其中之一。他的特長則是藝人、作家軼事、掌故，裝滿一肚子，可惜歲月蹉跎，將來會湮沒的。

首先，戴茂把一個紅得發紫的郭姓作家，臭了一通。拖字數，空洞，潑婦罵街，沒有藝術價值。這一點，我有同感。戴茂惜墨如金，雜文不扯閒話，特長也。通過三人的討論，決議如下：

專欄題名《拾珠集》。每篇千字以內。原則上每週六篇見報。

稿酬預支一半，每月結算一次，作者在「台北茶館」定稿，領取稿酬。

稿件除影響國家機密外，不動一字。

起初，老戴並不願接受，經過我的鼓動，他才轉變心意。司馬遷寫《史記》，所得材料皆來自民間傳聞，這是學院派教授茫然不知、不信的史料。倘非出自作者司馬遷的豐富想像力，《史記》是難以完成的。因此，戴茂寫《拾珠集》專欄是偉大的工程。因為《史記》既為正史之首，也是野史之源。

老戴聽了臉紅了。很少見他臉紅。

你把我評價太高了！他說了謙虛話。

主編先付了戴茂稿酬五千元，作為簽約金，約定每週三下午三時到茶館約會，取稿。握手話別。

為了爭取讀者的興趣，建議老戴多寫一點人們喜聞樂見的史料，而且極少人記得的事。例如電影明星胡蝶剛在上海露名，適巧美國演員卓別林來中國。胡蝶曾陪同這位原籍英國的表演藝術家，到各地參觀，胡蝶不懂英語，只是點頭，「爺死，爺死，嗯哼，嗯哼」，然後你再加上一點滑稽材料，使讀者感到興趣。當初捧胡蝶出名的是一位很講義氣的青幫領袖。這是有歷史可查的真實史料。

戴茂的《拾珠集》刊出後，果然造成轟動。這給作者帶來鼓舞，也帶來了壓力，他幾乎每日下午埋首寫作，不敢浪費時間。而且也翻箱倒櫃，找出一些文學史料，重溫一遍。一日，他感慨地說：到了今天，我才明白自己文學根基淺薄，基本功力不夠紮實；同時更認清林語堂、夏志清之流，是名正言順的文化幫會老大，他們把咱台北文化界唬得一愣一愣的。你說怪不怪？

寫啊，老戴，現在民主啦。人家海峽對岸敢批評毛統帥，咱台北耍筆桿子的還害怕住在紐約的文藝買辦，這還有什麼公理可言！怕他幹什麼！

戴茂放下了筆，哈哈大笑。我並不怕，而是我得顧全大局，咱台北兩大報紙的副刊主編，丟人現眼的事兒，我能寫一部書，可是我不願意寫，不值得去寫。浪費了我的珍貴時光和筆墨，他們不是文化人，只是市儈、小嘍囉而已。

老戴提起一件往事：紐約文藝買辦來台北旅行，住進大飯店，兩家報的副刊頭目，派了女編輯前往採訪，噓寒問暖，像自己的爹，恨不得給他洗腳。奴才的本質，暴露無遺。戴茂激動地說：「美國的月亮，也許比台北圓，但是你巴結這個中國人幹啥？他有權力讓美國月亮掛在台北的夜空嗎！這個文學評論家把上海灘的張愛玲捧成才女李清照，這不是賣大力丸的江湖嘴巴麼？」

那兩個副刊頭目還在台北嗎？

一個死了。另一個跑到外國去了，恐怕也快翹辮子啦。

趕快死光，咱台北文化藝術就蓬勃起來。

不，野火燒不盡，春風吹又生。

聽君一席話，勝讀十年書。既然戴茂為了繁榮咱台北文壇，貢獻力量，我也得為文藝界流汗，才對得住自己的良心。每當那位晚報副刊主編到茶館取稿，我趕緊倒茶、敬菸，請他吃水煎包。

「戴老，你們賈老闆，看起來很懂文藝啊。」

「不行。當兵出身。沒進過建中、台大、哈佛；他這一輩子只得在中華路賣茶、混碗飯吃。」老戴向客人介紹我。

「進過什麼學校？」

「夜間部中文系畢業。」

「請賈老闆給我寫稿。散文、詩歌、作家評論、短篇小說，均所歡迎。因為篇幅關係，文長請勿超過五千字，詩每首以五十行之內為宜。您寫好了，我順便一起帶回報社。」

那位副刊主編，真是可敬可愛。既使我不會寫作，聽了他這番懇摯的話，也讓我感受鼓舞。咱台灣文化藝術是有前途的。

那位主編不但感動了我，同時也感動了戴茂，他投去的雜文，字字斟酌，句句琢磨，絕不粗製濫造。每次他來取稿，我為他沏上一杯最上等的茶，請他品嚐。一日，他說出心底話：「你給我泡的茶，像戴老的雜文一樣，耐喝而且上癮。我很擔心，有一天我看不到這麼優秀的作品，喝不著這麼香醇的茶，我是多麼悲哀啊！」

「不可能的。」我向他解釋：「咱台北會日新月異，向前進步。即使社會結構發生變化，台北市民的生活內容也會越過越幸福。」

賈老闆，你這些話就是好文章，不八股，有內容，而且聽起來很振奮。你怎麼不為本報寫稿呢？

社會上的人，只要發揮所長，為人群作出貢獻，就心安理得。討厭的是有些人徘徊在學術與政治之間，想當官，又想當詩人，這怎麼不使社會造成混亂？

戴茂放下筆，插嘴說：愛新覺羅・弘曆那個王八蛋，六下江南，揮霍了不少民脂民膏。他一生寫了四萬多首詩，媽的，兩百多年以來，哪個人把乾隆看成詩人？

茶館的茶客，捧腹大笑。

戴茂見有人為他捧場，索性展示他寫的那篇雜文，北京最近拍攝的電影《英雄》，描寫荊軻刺秦王，張藝謀導演耗費了幾千萬人民幣，要給美國人上課，進而想得好萊塢金像獎。這個人想出名，想瘋了，他的電影主題是「無人無劍」，天下太平。讓觀眾看得莫名其妙。張導演唸了幾天書，他把老美看成了小紅衛兵，難道人家不懂「和平」是任何力量也阻擋不了的歷史潮流？

老戴走回座位，喝了一口茶，繼續地說：我套用電影《英雄》中的一句台詞，「你可能把一個人想得太簡單了」，我希望攝影師出身的，在北京電影學院混了幾年的張導演也別把老美「想的太簡單了」。咱台灣也半斤八兩，拍個色情片、同性戀片，武俠片，就拽得跟二蛋似的，呀呀呸！

走回座位，清了稿件，交卷。

我不准那位主編走。水煎包即將出鍋，趁熱吃了再走。他瞅了一眼手錶，「我得趕回去發稿。」於是，我急忙用塑料紙包了幾個，喊住他，放在前面鐵絲框袋，他騎機車走了。

戴茂見我對那人如此熱情，感慨不已。他憶起沈周的詩句：「知無緣分難輕入，敢於楊花燕子爭。」我不知道這個詩人。老戴說，這位明朝著名的畫家，畫名掩住了他的詩作。沈周及其門生唐伯虎、文徵明、仇英，合稱「明四家」。他的詩緣情隨筆，沉鬱頓挫，為論者所重。剛才吟出的兩句詩，出於〈咏帘〉。

老戴何以說我和那位主編有緣分呢？因為我並不給主編寫稿，因此這份熱情是純潔的，也是緣分。他談起黎烈文從法國留學回來，便進了上海《申報》編副刊。這位初生之犢不畏虎的文藝青年，一接副刊主編，便攔腰斬斷了張資平的長篇小說，引起騷動。由於報社老闆支持，才平息了官司訴訟。不久，黎烈文大量採用魯迅的雜文，有時魯迅化用筆名，每日刊出兩三篇，進行筆戰。因而魯翁聲名大噪。報紙銷路大增。往事已過，如今客觀檢討起來，黎烈文做了好事，也做了錯事。因為魯迅若是專心創作，他會寫出比〈祝福〉、〈狂人日記〉更傑出的短篇小說的。《申報•自由談》給予他發表筆戰的陣地，逞一時之快，卻浪費了珍貴的文學創作時光。否則魯翁的文學成績是會更放出光芒的。

賈明，你同意我的觀點麼？

我點頭，覺得有道理。

戴茂說：作家詩人，最理想的別和評論家、報刊編輯做朋友，以不認識為上策，這樣才會使自己進步。否則大哥二哥麻子哥，整天在一起喝咖啡、打麻將，泡溫泉，怎麼會產生老舍、郭沫若？

老戴在香港，看了不少文藝資料，他提起一九五八年三月八日，毛澤東在成都會議上，提起籌辦《紅旗》半月刊的計劃，他說一般幹部「怕教授」，他說不必怕他們，他們沒有什麼可怕。他進而指出，要正確的對待學院派，「接近他們，教育他們。」《紅旗》在同年六月一日問世，編輯委員是由毛一個、一個選出來的。總編輯陳伯達，二十個編委只有王力一位教授。老戴激動地說：「他山之石，可以攻錯。再過半世紀，咱們這邊還是建中、台大、哈佛，走學院派的路，不信，你等著瞧吧。」

戴茂作過客觀的統計分析：學院派來自兩個部落，一是功課好、學問紮實者；另外即是權貴子弟，他們從海外留學回來，自然的結合成幫派。互相幫助、拉攏，最後成為統治階層。他們是和基層脫節的，不相識的，因此基層的優秀份子想進入統治階層，那比登天還難。正由於這種矛盾因素，這個集團若團結全體民間的力量，也不容易，因為雙方沒有感情基礎，共同的語言。

他提起歷史上最嗜殺害知識份子的朱元璋，他的出發點是嫉妒與不平。別的孩子進私塾唸《論語》、《孟子》，考科舉，走學而優則仕的路，朱元璋放牛、行乞、做佃農，他用血汗打下了江山，做了皇帝，他會愛惜知識份子麼！他殺一個人比踩死一隻螞蟻還容易，他為什麼不殺？

胡適博士在南港約鄭學稼教授談話，喝了一口咖啡，問鄭：「你懂得英文麼？」

鄭學稼心平氣和地回答胡院長，他懂得英文、日文、荷蘭文，可以用來閱讀和寫作。英文，只是做學問的工具。〔註〕老戴繼而問我：「像咱們當兵出身的，胡適提出這個問題，你會對他產生尊敬心情麼？」

我的高血壓會衝到兩百七。

我比不上你賈明修養好，我寧肯去土城坐牢，當場幹他奶奶個屄！

在座的茶客面面相覷，沒人敢笑，卻有人暗自熱淚盈眶。如果這種崇洋媚外，遠來和尚會唸經的心態，不把它揭發出來，灑藥，醫治，咱們是永遠沒有前途的。這是戴茂寫雜文的原動力。老戴的上士退休俸，可以維持他的基本生活。台灣四季皆春，還沒聽過發生餓死人的新聞。

寫吧！老戴！

戴茂拿起了筆，吸著紙菸，繼續默聲寫作。

〔註〕鄭學稼《我的學徒生活》第140頁，台北帕米爾書店，1984年7月初版。

八

戴茂自從中風痊癒之後，執筆作文，有點彆扭，寫的字也歪七扭八，難以辨識。他囑我打電話給「三春」的阿桂，若來取水煎包時，順便帶走他的幾篇雜文，回家幫他重抄一遍。

她同意麼？

老搭夥了。

過去老戴在「三春」寫稿，有時囑阿桂幫他重抄。千字五元，也夠猶太的。但是阿桂卻以此為榮。反正帶回家晚上抄寫，次日再帶回茶室。寫了大半年，老戴的字，阿桂都摸得一清二楚。阿桂稱呼戴茂是「戴大叔」，老戴叫阿桂「巫秘書」。

為了取稿，阿桂幾乎每週來茶館兩三趟，因此有關「三春音樂茶室」的營業情形，我已很清楚。由於茶室容納戀愛中的男女，前往喝茶，因此時常發生爭風吃醋，以及家庭糾紛事件。生意每況愈下。杜老闆急於想將「三春」頂讓出去，無奈找不到對象。看起來即使賠本也會換老闆了。

阿桂問我有意否？我搖了搖頭。

按照台北市的商業發展趨勢，再過三年五載，中華路勢必建築起鋼筋水泥的大廈群。茶館，將成為歷史名詞。這是無法阻擋的商場潮流。代替的則是咖啡座、卡拉OK和大賣場、百貨公司或餐廳飯館。

阿桂關心地問：戴大叔上哪兒喝茶寫稿呢？

在家裡泡茶，寫作。

老戴這時走近阿桂，甜言蜜語地說：到那時候，妳就專心為我沏茶、抄稿，作秘書。

美得你！阿桂轉頭走了。

說是說，想是想，羅馬不是一天造成的，茶客還是高朋滿座，每隔兩天，阿桂來拿稿件時，總會談到杜老闆想回湖南探親的事。

老戴愛逗阿桂：「幫我找個對象吧。」

你這麼大年紀，還想結婚？我看……算了吧。

找個年紀大一點的，也行。戴茂退了兩步。

多大？

像妳一樣，最合適、般配。

般配個頭。她笑著走了。

那日，我跟老戴聊起阿桂抄寫費的事，千字五元，未免少，咱不能對窮人家姑娘如此刻薄、吝嗇。他問應付多少？我說最低千字十元。戴茂同意。原先他想多給她一點報酬，因怕她產生誤會，謝絕此項工作，所以才比較刻薄了些。那年，老戴年已五十八，阿桂三十九，兩人都到了拉警報的年齡。老戴從無結婚的打算，不過若是他真心愛上阿桂，那可難說了。

這時戴茂一面寫稿，一面祕密進行愛情攻勢：他在稿件內挾進紙條，約她春節去香港度假，兩人推拖了兩個月，也沒有肯定的結果。老戴忍受不住，終於向我吐露了實情。

我首先批評他做事過於冒險，去香港度假，等於結婚。阿桂是從未出嫁的姑娘，怎敢貿然應允此事？這豈不是強人所難麼？即使她對你有意，她也不敢馬上答應。我勸戴茂趕快另想其他方法。因為時間僅剩半月了。

春節，台北市商家一般休假七天。除夕，我接到戴茂的電話，他問我帶什麼東西？因為他將於初一凌晨，搭頭班飛機前往香港。

阿桂去不去？

你猜？

不去。

惱。

行啊，老狐狸。

老戴為了這件事，向她懇求，他說到了香港住進旅店，開兩個房間，互不相擾。他告訴阿桂，從到了台北，他還沒跟女人在一起睡過覺，自己的「老二」管不管用，還不知道……

這種話，你向阿桂說呀！

是啊。當時，她的臉通紅，像笑，也不是笑……

人家同情你。同情你這個老三八，老芋仔。

老戴再三囑咐我，這件祕事千萬別跟任何人說，否則他沒臉在台北中華路上走了。雜文作家、演員，做出這種傷天害理、丟人現眼的醜事，以後怎麼在台北市混？

沒那麼嚴重。我告訴戴茂：「上帝愛你，台北市民愛你。你真心去愛阿桂吧。」

阿桂到了香港，像劉姥姥進了大觀園，眼花撩亂，有點膽怯，帶她去逛百貨公司，她搖頭；帶她去渡海吃海鮮，她說不餓。老戴在香港住過幾年，向她介紹，阿桂凝聽。「再過幾年，咱台北市要超過港九。」

「港酒有沒有金門酒好喝？」

「香港不生產酒，妳想喝，咱去飯館嚐一嚐貴州茅台。」

阿桂搖頭。

他倆在旺角逛了半天，買了幾件衣服，真便宜。阿桂樂得合不攏嘴。吃了晚餐，進了一家旅館。戴茂說開兩個房間，阿桂反對，她一人，害怕。不是裝蒜。兩人沖了熱水浴，換了睡衣，戴茂讓阿桂在床上睡，他睡長沙發。起初，阿桂默不作聲，大抵於心不忍，喚他也在床上睡。老戴猶豫不決，絕非作態，最後還是上了床。

也許是茅台酒發生刺激作用，戴茂摟住阿桂苗條的身軀，他的老二竟然站了起來。阿桂白嫩的大腿也自然地敞開迎接。當他那在倉庫擱置甚久的砲彈，射進阿桂的堡穴，對方發出輕微的顫抖，觸電一般。

行麼？

硬梆梆的，像胡蘿蔔。

妳滿意不？

阿桂閉上眼，點頭。

過去嚐過嗎？

二十年前，忘了。

妳怎麼記性那麼壞？

十八歲結婚，沒半年就離婚了。離婚之後，再沒跟男人玩過。

我跟那個人比起來，誰棒？

他是小孩，才十七歲。你是老薑，薑還是老的辣。

這句讚美像衝鋒號，瞬間提高了老戴的士氣，他一鼓作氣，攻堅，佔領了阿桂的碉堡陣地。

哎喲，輕一點，受不了……

結束，戴茂問她身體如何？

到了香港，吃了你的麻辣火鍋，可把我撐死了！

好吃不？

吃得既麻又辣，痛快，過癮。

睡吧。

不行。沖個澡，喝杯茶，再來……

老戴置之不理，兩人只得相擁而眠。香港度假回台，他倆聽信我的建議，在台北地方法院辦妥公證結婚。從此明正言順結為夫婦。阿桂仍在「三春」上班，老戴還是在我店喝茶、寫稿。晚間夫婦一同回家。老牛吃了嫩草，顯得有點帥氣，容光煥發，看起來比以前年輕了些。

戴茂有了家庭，生活上了軌道，因此文學創作的質量，有水漲船高之勢。他又使用另一筆名，發表雜文——羅波，我問他什麼來由或靈感？他笑而不答。揣摩甚久，老戴趁茶客稀少，才將香港的初夜祕史，向我作了簡報。阿桂形容老戴那寶貝「像胡蘿蔔」，觸發了他的靈感，因而取名「羅波」，若想猜中謎底，比中六合彩還要困難。

阿珍目前在夜間部中文系作祕書，近來想招募一位助理，她想推荐阿桂去。我非常同意。便把這件事告訴戴茂，戴茂說「三春」工作太累，他實在於心不忍，換個比較輕鬆工作，實在幸運，只是擔心她能否勝任愉快。

回去，妳跟她商議一下再說吧。

阿桂質樸勤儉，平常連口紅也不擦。去夜間部大學上班，她會騎機車，而且能寫會算，高職畢業，唯一缺點只是年齡稍大一點。

中文系主任問起她丈夫的職業、姓名，阿桂據實以告。那位主任的文學素養不錯，看過不少戴茂的雜文，他說以後有機會請戴先生到校作文藝寫作專題演說。不用問，錄用。

在「台灣錢，淹腳目」的繁榮年代，阿桂，那位曾在茶室沖茶倒水的女孩兒，竟然買了一台裕隆汽車，每晚駕駛到大學夜間部上班。老戴總是站在門口，囉哩囉嗦：「開慢點，注意紅綠燈！」

她趕緊開走，免得讓鄰居看笑話；其實，鄰居不但沒笑過，而且還以羨慕的口吻說：「還是老公年紀大一些，疼某！」

過去，阿桂幫老戴抄稿，照抄；不過新闢的專欄雜文、署名羅波的文章，皆是他寫的原稿。

來「台北茶座」的茶客，都是熟人，他們向我反應，目前羅波的雜文，從形式到內容，都比老戴寫的紮實、有感人力量，後來居上的趨勢。這一點，他們勸我提醒戴茂，不可掉以輕心。我點頭答允了這件事。

過去，那位晚報副刊主編，常來茶館取稿，自從阿桂買了汽車，她總是專程送稿到報社。因此，他們都不知道羅波也是他，他也不好意思宣傳推銷自己。我把茶客朋友的善意，轉告戴茂，他很感激。他那天對大家說：「羅波寫的雜文，貼近現實，讀者願意看；我寫的都是歷史人物掌故，比較枯燥。海峽對岸有兩句話，確實不錯：古為今用，洋為中用。我的雜文有的就是朝這個目標寫，只是自己學力淺薄，力不從心，寫出來的雜文，讀者沒有興趣。」

「不錯，不錯。戴老是文學大家，我們都是你的基本讀者。」有人高聲說，逗得戴茂樂不可支。

羅波新闢的專欄文章，多為針對台北現實弊端問題而寫，因此引起讀者矚目。作者的批評，是基於愛台北心情，因而下筆不易。作為詩人作家，應該是人民大眾的喉舌，而不是統治階層的百靈鳥。陳獨秀之所以被人尊敬，便是他永遠是政府的對立者。胡適則是討好政府、討好青年、討好官僚、討好女性，八面玲瓏。不過，歷史會記載下來的，放不過他。

阿桂對待丈夫非常尊敬，她從不和老戴爭執，老戴喜歡吃信義路的湯包，她立刻開車子去買，有時還要排隊。老戴喜歡吃桃源街牛肉麵，阿桂就提著不鏽鋼筒去購買。阿珍背地勸她：「妳別這麼寵他，年紀漸長，他也應該注意節食了。」

阿桂說，老戴還愛吃麻辣火鍋，阿桂阻止他吃，因為血壓高的人是不能吃這種食物的。為了健康長壽，還是節制一點的好。

自從電視台開放之後，電視拉走了不少的平面媒體讀者。但是，戴茂仍然不驕不怠，勤奮寫作。他認為任何事物可以改變，但是優美真摯的作品，永遠會受到群眾的歡迎。

俗語說，常走夜路，早晚遇上鬼。戴茂的雜文，引起同行的嫉妒與不滿，他卻茫然不曉。一日，台北一家八卦雜誌爆出一則緋聞：台北某大學夜間部教授，帶了祕書、助理，在博愛路西餐館吃宵夜。文章寫著：「這位教授左擁右抱，風流倜儻，把持中文系十多年，無法無天，據聞有殷實企業家的父親。」文中還有兩個女人的照片，站在孫斌教授旁邊，一個是阿桂，另一個則是阿珍。我看了這篇報導，也愣住了。

我和阿珍都是孫教授的學生，他教過我《中國文學史》，當初他曾有意邀請戴茂去作文學創作演講。老戴婉拒，他說自己只能寫，不會講話，講起話來發出顫抖的四川味兒，像演話劇。這是實在話。

老戴看了八卦雜誌，非常生氣，我勸他忍耐，不必大驚小怪，否則會造成親者痛、仇者快的後果。誰知雜誌掀起了緋聞，一家電視台又加油添醋、指名道姓播報出來。我是賣茶的小商人，戴茂卻是擁有不少中老年人讀者的雜文家。事到如今，也只有到法院去打官司了。

通過訴訟、調查和問案，真相大白。原來一個姓倪的青年，在夜間部功課太爛，而且不守校規，中文系教授兼系主任孫斌，堅持不准倪生畢業，因而懷恨在心。目前他供職一家八卦雜誌，湊巧拍出這幀照片，便捕風捉影炒作起來。並聯合他的太太在電視台加強炒作這件緋聞。倪某的攻擊對象是孫斌，阿桂、阿珍只是倒楣而已。

有些讀者都說這件新聞「無聊」，孫教授帶的兩個女人年紀都已四十開外，阿巴桑，這種戀愛有什麼吸引力呢？

妳們去咖啡館做什麼？

阿珍說，孫老師請她倆去吃商業午餐，順便談起邀請你來中文系作兼任講師，教《文學概論》。

聽了這話，讓我啼笑皆非。城門失火，殃及池魚，這個誤會可把老戴害慘了！

你錯了！自從發生這件緋聞，戴老的名氣可大了，在中文系，提起戴茂、羅波，沒有一個學生不知道。連阿桂也紅起來了！

九

孫斌緋聞事件過後，校方為了安慰被害者的苦惱，平息廣大師生的憤怒，人事作了調整：孫斌教授調升人文社會學院院長，阿桂調為中文系祕書，林承珍調為該系專任講師，教授《文學概論》等課程。

這原是一件不足掛齒的消息，但是媒體卻大力宣傳，證明學校當局對八卦刊物作出了有力的抗議。

阿珍接下講師，麻煩的是我。白天，抽空去坊間找文學材料，晚間還得幫助她整理講義。有時興致來時，想趁機攪拌一番，發洩一下，偏是她進入更年期，腰痠背疼，毛病特多，對於床笫之間的事，毫無興趣。我也不能為這種事跟她吵架，看了她那憔悴的模樣，心裡不禁暗自抽搐、隱痛。

咱台北的夜間部大學生，程度每況愈下，而且混子特多。上課，男生玩電腦，看閒書；女生化妝，打手機簡訊，很少人專心聽課。有時阿珍向我發牢騷，我充耳不聞，既然作了講師，就得逆來順受，否則辭職回家煮飯。

那我就也混，不備課，東拉西扯，行麼？

不行。戴茂有句話，常在耳邊盪漾：你千萬不要低估了讀者的水平。讀者之中只要碰上一個曾國藩、一個梁啟超，你就完蛋了！毛澤東的話，有它的道理：「在戰略上要藐視敵人，在戰術上要重視敵人。」過去，政府為什麼失敗，就是脫離了群眾，不要忽視了群眾的力量。譬如妳在教室講課，只要有三、五個學生，用心聽妳講課，牢記著妳的話，那這三、五個學生進入社會，他們不會忘記妳，如果妳參選市議員，他們一定投妳的票，而且會勸說他們的親屬朋友投妳的票。這是題外話，最重要是他們在社會上會成為有貢獻的人，甚至影響整個社會、國家哩。

阿珍笑了。她想不到我還這麼聰明，「阿明，你跟誰學習的？」群眾。就是茶客。

她呆了。

阿珍，記住我的話：從中央研究院走出來的人，不一定就是學者；走進咱茶館喝茶的人，也並不一定就是大老粗！

從我接手辦「台北茶館」以來，我等於進入了社會大學，攻讀碩士、博士學位。我的老師就是「茶客」，連戴茂的寫作材料也是來自「茶客」，直白地說：老戴並不是一個博學多聞的雜文家。他不能老是蹲在家中，在書房閉門造車，他得走進鬧哄哄的像菜市場似的茶館，聽取一些張家長、李家短的閒話，才可以激起靈感，寫出和讀者共呼吸的作品。老戴這個祕密，胡適林語堂梁實秋活著不懂，做了鬼也茫然不曉；因為這些所謂學者只認識書本，死讀書，讀死書，最後讀書死……戴茂瞧不起他們。我也瞧不起他們。

老公，你變了！阿珍摟住我的脖子，親嘴。

是的。我進大學夜間部以前，羨慕從建中、台大、哈佛大學一路走過來的人，他們才有資格當上部會首長，甚至總統。我不但羨慕，而且妒忌；如今，我並不把他們看作英雄了。橫眉冷對千夫指，俯首甘為孺子牛，我尊重的則是無名英雄，默默為建設大台北市，為社會人群作出貢獻的人！

作為一個賣水煎包的女兒，開茶館的妻子，作了大學講師，她應該感到自豪，充滿信心，為教育下一代青年作出應做的事。否則，她實在愧對學校領導的期望。

海峽兩岸隔絕四十年，首先由北京發表了「葉九條」，表示停止內戰，促進團結；不久，台北經過討論、研究，准許退伍榮民返鄉探親。少小離家老大回，河山依舊人事全非。故鄉親屬或幹部，擔憂台灣回去的是特務。他們內心盼望迎接的是歐美僑民。咱這邊並不顧慮旅途上的困難和安全，只擔心返鄉說錯了話，洩漏了國家機密。至於血壓驟增，昏倒而死，卻視若無睹。海峽兩岸的統治階層，並未把這一百多萬離家四十載的人民，視為同胞。無論政策或對待都是一樣。戴茂思前想後，只在香港通了一封信，他始終沒有到過神州大陸。

老戴的雜文、談話說得中肯：老共歡迎王永慶這些企業家，回去投資設廠，建設社會主義新中國。他們並不喜歡那些披著破舊夾克，拄著拐棍兒，從台灣回國的難民。哪兒來的，臭要飯的！哭得跟死了爹娘一樣，是不是四九年被人民解放軍打敗的蔣匪軍？同胞如手足，何必掩蓋真情？

人心都是肉做的。別以為你們嘴上的口號動聽，你內心想的我們明白。何況是老戴這種有智慧的作家？

「你回來做什麼？」戴茂自港返台，我開門見山問他。

「還是台北坐茶館舒服、痛快。」他說。

聽了這句話，笑不起來。想抱頭痛哭一場。

戴茂從香港帶回滿腹牢騷和不滿，從上世紀二〇年代初，在孫中山的領導下，國共兩黨口號一致，各懷鬼胎，走俄國革命的道路。在既聯合又鬥爭的原則下，完成了北伐，統一了全國，繼而第二次合作，完成了八年抗日民族戰爭。不料三年國共內戰，國軍被趕到台澎金馬彈丸之地。這些當初退守海島的壯丁，如今已白髮皤皤，忍受了為時四十年的離鄉之苦，卻在老共「和平統一」口號下，准許返回大陸。他們受到的是冷漠懷疑的待遇，怎不令人痛心疾首？

內戰，他媽的，內戰！倒楣的是這些穿軍服、戴青天白日帽徽的國軍官兵！

戴茂滿肚子的話要說出來，他以羅波筆名，用文學和當前兩岸史事結合起來，寫出雜文，留下歷史的真相。他是噙著淚水寫的，誰也不知道，連他的妻子阿桂也不知道，只有我賈明知道。

過去，孫斌邀請老戴去中文系演講，他堅持不去，是有原因的。如果他敷衍了事，有愧於心，若是他講出掏心話，那些天真未鑿的青少年懂麼？幸而這是民主的社會，言論自由，否則被吃上官司，逮到情治單位，那豈不冤哉枉也。

戴茂剛來台灣時，當兵，因為他酒後胡扯八道，認識陳雲裳、梅熹、周璇，這些電影明星身陷大陸，都是老共同路人，因此戴茂也成了老共同路人。抓去審訊，為何跟老共同路人作朋友？戴茂聽了直笑，我們在一起拍電影，當然成了朋友，正如同你在三十九師當官，我在三十九師當兵，將來離別之後，我還記得你，因為你是長官，同志，難道你作了強盜土匪，我也成了強盜土匪？

放肆！老戴被四周的人狠揍一頓。

戴眼鏡的低頭看卷宗內文件，問他：「我問你，你什麼時候認識魯迅的？」

中學時代。

在那兒認識的。

書上。

放屁。誰是介紹人，坦白交待。

老戴笑了。當時他在四川江津，魯迅住在上海，已經病逝兩年多。讀魯迅的《吶喊》，還要什麼介紹人？他思索了半晌，終於找出了答案：「介紹人，有。圖書館管理員吳美芝，她介紹的這本書。」

這個姓吳的也在咱三十九師？

沒消息。我想八成留在江津，她可能早已經結婚了。

審訊官放下了筆，嘆了一口氣：姓吳的一定是老共的同路人！這可麻煩了！

戴茂是個樂觀而坦率的文藝青年，他勸對方不必作難，乾脆判他是「匪諜」，槍斃了事。

沒有確實的憑證，怎麼成為匪諜，誰派遣你來三十九師的？目的何在？

陳獨秀派我來的。目的是裡應外合，解放台灣。

審訊官笑了。前幾天，適巧他看過胡適的一本小冊子，《陳獨秀的最後見解》，陳早於一九四〇年因高血壓症死於四川江津。戴茂那時在江津上初中，可是陳獨秀已被解除了老共的職務，他怎麼有權派他當間諜？而且台灣當時還是日本的屬地。審訊官愈想愈生氣：「混蛋！你太驕傲了！還是調你去下連當兵吧。」

戴茂在黑牢關押了半年，兩條腿被木槓壓得成了瘸子，走路一拐一拐的，將來怎麼下操？怎麼行軍？又怎能參加作戰？審訊人員經過討論，對於如何處置老戴，成了難題。

那日，組長調卷，發現這個四川江津同鄉，湧起憐憫心情。不過，組長的聲音並無感情：「我問你，你想幹什麼？」

「我想演話劇，進政工隊。」

「政工隊員，少尉以上官階。你是上等兵，連升三級，什麼功績啊？」

老戴低頭不吭聲，心中暗自歡喜。四川老鄉來了，救星來了，說不定把我無罪釋放。次日，老戴扛著行李包，上了汽車，被送到三十九師野戰醫院。他進了辦公室，才知道作了「文書上士」。

醫院的女護士，談起老戴，捂嘴直笑。她們以為來的是個帥哥，因為聽說他會演戲、唱歌，還會彈風琴。但是，他那邋裡邋遢的樣子，實在讓人為之卻步。而且還說老戴是個匪諜、神經病。因此遇到打針，女護士推來推去，誰也不願跟老戴接近。老戴遇見她們，轉頭嘟囔著：「這些小屄養的！」

那年，師政工隊排演話劇《夜店》，演員不夠，請戴茂軋上一個腳色，果然演技不錯，野戰醫院女護士趕往捧場。老戴的右腿已漸痊癒，不再是個瘸子。因此傳出有女人喜愛他，他毫不動情。不久，傳出戴茂的「老二」有毛病，成為阿兵哥出操時的談話資料。

這齣《夜店》，演了三天，禁演。編劇柯靈，一直待在上海。他改編自蘇聯作家高爾基的《底層》。政治部把戴茂找去談話。

你說，《夜店》禁止演出，對是不對？

我的看法是對，也不對。

你這是什麼話，你是在說相聲嘛？

站在當前反共抗俄政治立場，咱演這種反映無產階級生活的話劇，特別來自蘇聯的高爾基原著，禁演是對的。可是，三民主義的民權主義，並不是資本家至上，地主老財第一，咱也得讓老百姓吃得飽、穿得暖才行，演這種戲也沒啥問題。何況，反共八股的話劇，誰愛看呀？長官，我敢打賭，你一定不喜歡看八股戲，像出公差一樣。

《夜店》禁演，並未有人受到處分。箇中原因，師部官兵都茫然不曉。不久，這件事隨風而逝。顧正秋到馬公演出京劇《鎖麟囊》，造成了轟動。連老戴也翹起大拇指：「硬是要得！」

關於老戴脫下軍服，說法不一。但總的來說，戴茂是名正言順退伍的。每次婦聯會到醫院慰問傷患官兵，或是高級長官視察，醫院總把老戴帶到祕密地方，不讓他拋頭露面。後來，這件事引起院方同事疑惑，老戴也覺得莫名其妙，他終於破口大罵起來：「你們是怕老子向大官行刺，還是擔心我強姦婦女，你們不說清楚，我要告到台北國防部！」

師部軍政首長集會，商議如何處置，拖了將近半年，戴茂領了一點退伍金，一床灰色毯子，離開野戰醫院，搭船渡海到了台灣。

老戴確實不適合當一個軍人，他連「立正」也不合格，這真是時代的用人笑料和誤會。在混亂的內戰時期，抓滿一個連的壯丁人數，就當連長；湊夠一個團的人數，就作團長，戴茂大抵就是這樣稀里糊塗進了三十九師的。

我曾勸他把從軍經過，忠實地寫出來，他始終笑而不答，搖首反對，最後冒出一句台灣話：「歹勢！」

不過，他對於過去的不良行為，卻作了坦率的供述。上世紀五〇年代初，軍中設置特約茶室，官兵可購券進場，從事嫖妓行為。也許老戴邋裡邋遢的樣子，姑娘見了他便想逃，引起老戴的反感。那晚，他喝了半瓶米酒，躲進廁所，把帶來的辣椒醬塗在胯間的黃瓜上，去了特約茶室。

老戴作了缺德事，購買了五張入場券，引誘妓女上鈎。人為財死，鳥為食亡，那晚整得那位倒楣的姑娘，呼天搶地，嗷嗷直叫。幸而警衛人員破門而入，才把被害人救出火坑。

這件辣黃瓜事件，傳為澎湖黃色新聞。

十

戴茂和我的親密關係，像兄弟一樣。他的過去歷史在我面前毫無保留。在他的心目中，我不是「台北茶館」賈老闆，而倒像是他的胞弟戴盛。他有時說溜了嘴，喚我阿盛，我也照應聲，惹人發笑。老戴離開馬公時，還特地去特約茶室向那個妓女辭行，嚇得女孩躲在廚房，不敢出來。管理員找來了警衛人員，荷槍實彈，阻攔老戴。

你來幹什麼？

我向17號辭行。我退伍了。

你走吧。我們會把這個意思，轉告她。

戴茂從衣袋掏出五百塊鈔票，交代管理員：「麻煩同志把這個……也交給17號。」

你欠她錢？

嗯，欠錢。這是壓驚費。我不付這筆錢，我內心有愧。老戴轉頭走了。

這件祕史，天底下還只有我賈明一人知道。他不敢向巫秋桂透露此事，否則阿桂一定半年不和他同房，因為此事真是太丟人現眼了！

台北市修建了捷運系統，對於戴茂帶來莫大的方便。他的住處離石牌站很近，「台北茶館」就在西門站六號出口，即使颱風天，下雨天，他也挾著帆布袋來店喝茶，吃水煎包。

老戴年事日長，成了碎嘴子。他說活了這麼大年紀，還沒享受過如此幸福的生活：吃的、穿的、用的，到處都買得到；有病拿健保卡進醫院，只繳掛號費；坐捷運電車，又快、又乾淨，還時常碰見漂亮的女人。住在台北，像住在天堂……唉，若是阿盛還活著多好！

我不是阿盛嘛。我頂了他一句。

老戴不吭聲了，繼續低頭寫稿。

常坐茶館的人，幾乎都認識戴茂，認為這個出身軍隊的老芋仔，宛如一個舊暖水瓶。外貌斑駁難看，摸起來冷若冰霜，可是瓶內裝著滾燙的沸水。四川發生了大地震，他以巫秋桂的名字，捐了十萬塊錢，很多茶客都暗笑他是二楞子。既不出風頭，又不是有錢的人，你每天生活如此清苦，捐這麼多錢作甚？四川還有你什麼人？再說，老戴不信神佛，他如此慷慨解囊，真是令人覺得愕然。

岳父年紀已老，在內湖買了房子，遷居。水煎包店頂讓出去，開小吃店，也賣水煎包，生意不錯。既然顧客有了習慣，因此每天下午水煎包出鍋，仍呈現排隊現象。老闆娘從圓環聘請了一位水煎包高手，但仍敵不過當初林家水煎包的旺盛景象。

老闆娘為了拉生意，親自到茶館送水煎包，挺豪爽，有人吃她的豆腐：「妳別這麼辛苦，還是讓妳老公來送吧。」

行啊，大哥，幫我介紹一個對象吧。

茶客沉默起來。聽說這位老闆娘有點積蓄，她還有意把「三春」吃下來哩。

杜步青想回湖南茶陵探親，急得要命，他曾一再勸我合夥經營，可是我實在無法接此重擔。再說，幹這行業年代已久，膩味。因此，杜步青若頂讓出去，必須把價碼壓下去才行。

春節期間，大學部招待各系職工遊覽沖繩三日，巫秋桂臨走，囑咐我照顧戴茂，提醒他飲酒不可過量。勸歸勸，做歸做，初一杜步青請吃大菜，初二小吃店老闆娘邀約戴茂和我，到她家吃春酒。怪哉，她請的哪門子客？莫非讓我倆作頂讓「三春」的掮客？

果然，老杜初一向我倆說出了底價。初二到了谷家，三杯過後，那個女人便提起「三春」頂讓的事，老戴和我是杜老闆的知己，她的價碼雖已相近，但是沒有杜步青的當面點頭，還是不能成交。

老闆娘年逾五旬，風韻猶存，她很樸素，酒量不錯，說話也很乾脆：「我是窮家出身，只唸過兩年小學，不會說話。兩位大哥替我作主，剛才那個價碼，是我所有的積蓄，請您倆給杜老闆撥個電話，告訴他，他如果答應，就決定了！」

老戴默不作聲，低頭喝酒。我思索一下，只得離座，掏出手機和老杜連絡，老杜開口問我：「她說多少？」

「比你少五萬。」

「你讓老戴說，也許她會同意。」

適巧這時阿珍打來電話，我只得先告辭。老戴留下和她繼續談判。歸途，我心裡不太高興。

這位名叫谷虹的老闆娘，老戴是她當年的客人。谷虹十八歲渡海進了馬公特約茶室，編為17號，生意並不太好。她原名谷紅，軍方認為「紅」是共產黨，改為虹。名字卻像一個歌女、電影演員。谷虹當時並非為了「五張入場券」接待老戴的，而是為了同情那個青年。誰知脫了衣服，老戴便熄燈，稀里糊塗捅進來一根辣黃瓜，可把她整慘了！

不久，她收到五百元，覺得難過。因而影響她始終沒有結婚，也從此不再接觸男人。

妳還怕辣不？

谷虹點頭。

灑一點高粱酒，行麼？

你這個人，變態。

為啥不找個對象，結婚？

高不成，低不就。年紀大了，生不出囝仔，誰要？

窗外，鞭炮聲此起彼落，床上的一對男女，也歡聲不斷，嗷嗷叫喚。女人說：「我總覺得你又塗了辣椒醬，這麼辣。」男人說：「五萬塊，我來付，成交吧。」谷虹說：「為了你，他再加十萬我也要……」

辦完了事，還是聊馬公的往事，如果那晚戴茂不擦辣椒醬，他倆也難以結合。客觀地說，老戴腦袋裡仍存有封建傳統渣滓。王金龍愛上玉堂春，那是戲劇。這間房屋的女主人是多麼質樸善良啊！老戴靠近了她，捧起她的臉腮，虔敬而誠懇地吻了一下：阿虹，我愛妳，一直到死！

呸，呸，過年了，別亂說話。她掉了眼淚。

戴茂的手機響起，對方傳來詭祕的聲音：詢問谷虹的反應如何？老戴告訴賈明，已經同意。對方問他身在何處，老戴說：「我早已經回家睡覺了。」

谷虹的裸臂摟緊了他，笑了。

像戴茂這樣的人，一天到晚挖盡心思，埋頭寫作，局外人確實感到訝異，為了名，為了利，奮鬥幾十年，不一定有人知道；每個月領不到幾百元稿酬，還買不到一件漂亮的毛衣。但是，他還是鍥而不捨，不停地從事筆耕生活。甚至賠上了身心健康和家庭幸福。

你別寫了，也別軋戲跑龍套了。老戴，只要你聽我的勸，我供給你全部生活費，包括喝茶、喝酒、吸香菸、吃水煎包，行不行？

不行。戴茂堅決地說。

為什麼不行？

任何一個人活在世上，短暫的八、九十年，必須要為人類作出一點貢獻。我在台北生活了大半輩子，許多悲歡離合的故事，我親眼看過，許多流血流汗的無名人物，我都熟悉，如果我忠實地把它寫出來，可以給後代的台北市民留下歷史的真相。你想瞭解十九世紀巴黎社會的真實情況，不必翻歷史，歷史不一定完整、真實，你看巴爾札克的小說，葛朗台、于洛、高布賽克、皮羅多、克勒凡……這些人的活動情況，就像當前住在台北的谷虹、賈明、巫秋桂、杜步青……我把他們記錄下來，讓後代的台北人忘不了二十世紀後期的台北。

為什麼這麼辛苦？

為了理想。

誰指使讓你這麼做？

自己的感情、興趣。就像妳喜歡辣黃瓜一樣。

去你的！

谷虹接著談起那五百元，當時可以買一間八坪大的房子。她不瞭解一個文書士，怎麼有這麼多的鈔票給她？別人告訴她：那個姓戴的退伍了，領了退伍金，去台灣了。谷虹聽了這句話，心裡更覺不安了。年底，谷虹辭去工作，回了台北，做工、當下女、擺麵攤。歲月悠悠，她成了富婆，卻不跟男人交往。台北這麼大，人口眾多，她怎麼一直碰不到戴茂？

妳找他做什麼？

還錢。我擔心他餓死。

退伍軍人有輔導會，他們會安排的，妳別閒操心了。別人安慰她。

谷虹沖了熱水澡，披上睡袍，坐在床上吸菸。

睡吧。老戴勸她。

谷虹愈想愈生氣，吸菸，不理。

妳怎麼啦？

我問你，你為什麼不等我？好容易碰見你，你卻有了老婆，我怎麼這麼倒楣？到如今，親熱一下，還得偷偷摸摸，做了虧心事似的。幹你娘！

她用紙巾拭淚。

老戴講黃笑話給她聽，她忍著不笑。老戴起身，打開冰箱，取出一罐紅辣椒醬。

你做什麼？

把它塗在黃瓜上，再加演一場，行麼？

你敢？她終於噗哧笑了。

來吧。

沖澡去，髒兮兮的，不衛生。

老戴像一個兵，按班長的指示行事。

這次，老戴帶著疼惜之心，和阿虹交媾。果然，阿虹興奮起來，「我跟阿桂，哪個舒服？」

「妳。」

「真的，假的？」

「真的。」

「以後你想找我，怎麼辦？」

「打電話。」

「不行。我想來，再約你。我生意忙，你應該知道。」

老戴忽然有了靈感，他想將此事公開，讓谷虹做他的「二奶」。憑什麼我做「二奶」？巫秋桂是祕書，我是董事長，而且我認識你的時候，你才三十歲……她跟你結婚，你已經五十出頭了！老牛吃嫩草，沒見笑！

老戴在阿虹面前，裝孫子。他說「偷偷摸摸」比較刺激，有意思。他願意遵照谷虹的計劃，聽候對方的電話召喚，前來報到。不過以不影響他的寫作為原則。

關於女方召喚的次數，兩人做愛時爭執不已。谷虹起初以興趣為出發點，老戴反對，因為這種說法毫不具體。他提出每月以四次為限。年屆六旬，還作「男妓」，未免委屈了些。谷虹對任何條件可以讓步，唯有次數堅持到底。她做生意二、三十年，向來是「電話叫貨，隨叫隨到」，谷虹下了指示：「每週必須會面四次，少了不行。」老戴此時已累得汗流浹背，急忙求饒：「阿虹，妳不是愛我麼？每週會面兩次，行吧？」也許女方已達到愉快的高潮，她說：「好吧，兩次就兩次，不遲到，不早退，二小時為限！」

翌日，農曆初三，他倆睡到下午二時，谷虹才起身煎荷包蛋，沖牛奶，然後漱口洗臉，才忍心去喚老戴起床。因為巫秋桂「大奶」將從沖繩島返回台北了。

進餐時，阿虹囑咐老戴，以後少喝酒，少吸菸，寫作要適可而止，不必學什麼巴爾札克，咱台北人應該知足，惜福。囉哩八嗦，沒完沒了。

谷董事長給了老戴兩萬塊錢，讓他買東西吃。她說這些鈔票藏起來，別被「大奶」發現；若是萬一被她發現，你就說是在捷運車位上撿到的。最重要的，她和老戴的舊情，應該保密，任何人也不可透露，包括賈明、「大奶」，誰也不能說。

以後每禮拜會面兩次？老實人，老實話。一個月兩次，保密要緊，傳出去，我在台北市沒辦法做生意了。

臨別，老戴只拿了八千塊錢。

你嫌少，是麼？

我不是牛郎，我是雜文家。

谷虹上前摟住老戴的脖子，笑出了眼淚。

十一

阿桂從沖繩回來，給老戴買回呢大衣、西裝外套、毛襪、西褲和四件襯衫，好像老戴準備娶「二奶」，應該裝飾一新。她讓丈夫試穿一下，照照鏡子，嘴裡不停地說，沖繩是個小島，什麼都可以買得到。老戴看了這些新買的衣物，噘嘴說：「妳買的這麼貴重的衣服，我怎麼能穿出去，坐茶館，寫稿子？哼，我不要，我把它賣出去！」

傻啊！人家日本老頭都穿得這麼帥氣，你才六十歲，身體還這麼強壯，為什麼想不開？你若不穿，私自賣出去，我跟你離婚。

戴茂笑了。

行，我披著呢大衣進茶館，人家還以為我是海外回來的華僑呢。

怕啥，別忘了咱台北市也是亞洲著名的都市。

他從阿桂身後摟住了她的腰，親暱地說：「妳對我這麼好，我怎麼報答妳呢？」

「少抽菸，少喝酒，就行。」

「不，我要給你吃麻辣火鍋。」

巫秋桂羞紅了臉，她帶著警告的口吻，叮囑丈夫：人到六十，應該節制房事，才會健康長壽。別忘了你得過中風病，到如今還吃降血壓藥，你可不能亂來啊。何況咱們又沒有兒女，將來老了，怎麼辦？住養老院。

阿桂從皮箱裡抓出一小捆禮物，遞給老戴：「原子筆，二十打，夠你用好幾年。」

老戴最喜歡寫稿的筆。她帶來的西達〇・三厘米的黑色簽字筆，真棒。寫在稿紙上清晰美觀。他高興地說：「這些筆買得好！」

阿桂忙著做晚飯，蒸香腸、切臘肉、炒小菜，煮水餃。打開一瓶金門大麯酒，屋內洋溢著過年的氣氛。

飯後，老戴非常勤快，洗淨碗碟，沖澡，上了床，裝睡。他的體力消耗殆盡，實在疲乏無力了。阿桂在浴室磨蹭了很久，終於上了床，輕聲問他：「這幾天，你怎麼吃飯？」他哼而哈之，應付了事。

「你為什麼不跟我打電話？」

「沖繩號碼，我不知道。」

老戴暗想，今晚想逃過一劫，不易。索性讓她嚐麻辣火鍋吧。果然，這餐宵夜所費的時間，特別漫長，整得阿桂直叫。她事後誇獎丈夫：「你的身體愈來愈壯，我看你可以討個二奶了。」

聽了阿桂的話，老戴心虛恐懼。

阿桂是個誠實細心的女人，她並非開玩笑。她想趁著丈夫體力壯，討個細姨，生下一兒半女，將來老了還有依靠。老戴反對這種落伍觀念。他不願意聽。

「三春」經過裝潢、整修，內部煥然一新，氣派非凡。門前掛的霓虹燈招牌，「六春茶座」，這個店名是戴茂取的。

茶和咖啡，皆是上品，杯子也非常美觀。不過，價格比較昂貴。咱台北人有個特點，只要吃得好、喝得好，不問價錢高多少。「台灣錢淹腳目」，怕啥？

戴茂穿著西裝、皮鞋，披著藏青色呢大衣走進「六春茶座」，服務生迅速笑臉相迎，問他喝點什麼？

杉林溪高山茶。

一位中年婦女，走近座前，輕聲細語：「這是大奶從沖繩帶回來的？漂亮、合身，年輕十歲。」

這間茶座，經過妳這麼裝潢，我們老芋仔不敢來喝茶了。

服務生送上了茶，還有兩碟點心。點心是免費品。

老戴示意讓谷虹在對面坐下，然後從衣袋取出一個精緻的紅色禮盒，推近女主人面前。

什麼？

「六春茶座」開幕禮品，略表心意。

谷虹打開，是一條精美剔亮的金項鍊兒。她頗感吃驚：「這麼貴重的禮物，我不敢收。」

戴茂在香港時，積蓄了一筆稿費，買了這條項鍊，作為紀念。他把它藏在書櫥的一角，用舊信封包著，婚後竟然忘記此事。昨夜，他躊躇良久，如何贈送阿虹禮品，思來想去，最後摸出這件東西。他是以懇摯的心情送給谷虹的。

「老戴，太貴重了，我不要。」

「妳是看不起三十九師的文書士麼？台北市的男人幾百萬，真心愛妳的有十個人嗎？」

谷虹向他搖頭。

五個？

她仍是搖頭。

兩個？

她搖頭，眼圈兒紅了。接著，她把禮盒塞進自己皮包。「你多坐一會兒，或許賈明也來捧場。」說著起身走了。

儘管老戴仍舊恢復了往昔的生活習慣，每日下午二時，風雨無阻，進「台北茶館」喝茶、寫作，跟熟悉的茶客談笑風生。但是，「六春茶座」的繁榮景象，時常傳進老戴的耳中。青年人，時常去「六春」約會、聊天。許多不同團體的中年婦女，時常在「六春」集會聚會，商量一些活動事項。雖然谷虹聘請了有經驗的女經理，但是她仍然忙碌，十天半月，老戴接不到她的一通電話。

台北的建築業，逐漸轉移東區，許多做生意的，投資設廠企業人，常到「六春」會面。生意紅火，卻也影響不了咱「台北茶館」，老茶客是拉不走的。

老戴的雜文讀者，絕不看經濟類的報紙雜誌，愛好文學的人，半世紀也不會翻一下八卦報刊。我開茶館三十年，得出結論：退休的公務員、軍人都是我的顧客，他們是絕對不去「六春茶座」的。

老戴雜文取材的來源，皆來自「台北茶館」的茶客，「六春」等其他高級餐飲場所是得不到的。一日，老戴對我說，他真幸運，能在「台北茶館」碰見這些茶友，瞭解國共鬥爭下的悲劇影響，二十世紀後半期外省人的思想與感情，這是千載難逢的機緣。魯迅等作家所遇不到的。否則，魯迅會留下更有價值的歷史記錄。

那日，天雨。戴茂寫稿，接到谷虹的電話囑他即刻前往寓所報到。

做什麼？

從春節以後，快兩個月了，想吃辣黃瓜的滋味。

不行，正在寫作明天繳稿。

有那麼嚴重麼，我付稿酬。

哈哈，董事長，別認錯了，我是作家，不是牛郎。

對方啪地一聲，掛了電話。

谷虹早已預料會發生這種挫折和打擊，「六春」開張那日，她接下老戴的禮品，便產生了將要分手的預感。她愛老戴，含有內疚和同情的因素。她的生意忙，她是擠出了短暫的時間回家和老戴幽會的，想不到老戴這般翻臉無情，她氣出了眼淚。

正想出門，回店。戴茂來了。

你來做什麼？

有事相告。

說吧。

阿虹，時代在變，妳的觀念也得改變。趁著身體不錯，手頭闊綽，為什麼不談戀愛，找一個比你年輕的人戀愛？最理想的在十歲以內，說不定白頭偕老呢。

講完了，下課吧。

這話什麼意思？

生意忙，我回店。

於是，兩人互道珍重，再見。

老戴回來之後，隱瞞此事，內心苦悶至極，幾乎達到崩潰狀態。作家的嘴是封不住的。戴茂忍了不到半月，他終於前因後果，向我作了完整的彙報。這是一個小說的動人材料，只能寫成短篇，否則拖泥帶水，加油添醋，便不能吸引讀者了。我思索了很久，才跟戴茂進行討論。

我這樣做，是否絕情？

不。長痛不如短痛。你的做法是對的。

什麼理由？

你不能離婚，因為你愛阿桂，阿桂愛你。再說，你的年齡、性格，以及從事文學創作的執著，也不適宜你去偷偷摸摸，跟女人搞劈腿的事情。如果陷入泥淖，愈陷愈深，到了不可自拔的地步。老戴，不是故意嚇你，你會走上自殺的絕路。

我轉身招呼客人，暫時停止和他談話，心中卻一直思索這件事。於是，我走近戴茂，作了結論：「你是好人，谷虹也是好人，好人跟好人搞外遇、劈腿，自找煩惱，是悲劇。只有玩世不恭的壞男人、爛女人在一起胡搞，才會獲得快樂；因為他們心裡不會有不安的感覺。老戴，你倆只怪相見恨晚，抱憾終身了！」

老戴嘿嘿笑起來：想不到，你這小子，還真有一套！

轉了一會兒，他又低聲問我：「她會不會恨我？」我搖頭。她會生氣，但過不了半天，她就會理解你的心意，知道你是愛她，她也會永遠愛你。老小子，臨老入花叢，請客吧！

他囑咐我，此事別告訴阿珍，否則傳到巫秋桂耳朵裡，她一定鬧得天翻地覆！

老戴掏出五十元鈔票：「去買十個水煎包，我四個，你吃六個，夠意思吧。」

這就算「請客」？

這是破財消災，讓水煎包堵住你賈明的嘴。

十二

谷虹最近急得要命，經理辭職，因舉家遷移高雄。她建議經理找個替手，熟悉茶座業務，使生意走上軌道。這件事讓她想起了「老松國小」同學、老鄰居林承珍，打了電話求援。當時，阿桂正鬧情緒，她工作勤奮，每年考績優等，早已引起不少女職員嫉妒。特別是從夜間部各學系畢業的校友，組成派系，排斥異己，這是咱炎黃子孫的民族性。阿桂學歷不高，沒有人事背景，只有忍氣吞聲，這些實際情況，阿珍瞭若指掌。

那日，阿珍向她談起到「六春」任經理的事。阿桂有點作難，她是從「六春」出來的，年輕時期在茶館當服務生，兼任會計，後來，才輾轉進了夜間部，作了中文系的助理。回去當「經理」，固然駕輕就熟，但是怎麼好意思呢！

阿珍向她透露，谷老闆人很豪爽，學歷低，對「經理」非常信賴，工資比學校助理增加一倍。讓她仔細考慮一下，再作決定。

晚上，阿桂向老戴談起此事。

妳的意思呢？

我拿不定主意。也許去「六春」，是走對了路。不過，即使不去「六春」，我也不想再待在中文系了。老戴，咱們學歷低，一輩子難以出頭天啊。

老戴心裡挺難受，卻不說話。

「六春」待遇不錯，阿珍勸我去。

還是妳決定吧。

既然你不反對，那我明天跟阿珍去見老闆。人家也不一定欣賞我。我才高職畢業。唯一的長處，過去曾在那家茶館做過，熟悉，沒有困難。

老戴漠然以對，可是心裡五味雜陳，不知將來會如何發展。

天底下的人很多，但是能夠共事、和睦相處，卻得靠情緣。這不是迷信。谷虹見了巫秋桂，像久別重逢的姊妹，恨不得擁抱對方。不用問，阿虹放下老闆的身段，直截了當地說：「阿桂，妳回去就辦辭職，下禮拜一就來這裡幫忙。我認不得幾個字，阿珍最清楚我，只唸過兩年小學，將來都要仰靠妳了，拜託！」

果然，谷虹把茶座的開展和策劃，都交給巫經理掌理，許多茶客茫然不解，到底哪位才是老闆，連服務生也回答不出。

戴茂還是每天到「台北茶館」喝茶、寫作。他從未接到谷虹的電話，起初暗自高興，日久天長，老戴卻沉不住氣，產生了疑慮心情。

老賈，這個女人會不會找到對象了？

也許會吧。

老戴放下書，質問我：「你怎麼講這種模稜兩可的話？」

男女搞戀愛，就是祕密的事情，在尚未明朗之前，他們的父母兄妹也不見得會知道。即使老戴向阿桂打聽此事，阿桂也只有這樣回答。我勸老戴稍安勿躁，靜候佳音吧。

他嘿嘿笑起來。

阿桂在「六春茶座」當經理，谷虹待她像親姊妹一般，信任她，呵護她。阿桂是以「士為知己者死」的精神，經營這個事業。每晚回到家，累得不願說話。老戴心疼她，「妳得注意身體啊！」

為了使阿桂得到充分的休息，老戴搬進書房裡睡。一兩個月，都不敢觸摸妻子的身體。他彷彿又恢復了過去的單身漢生活。

巫秋桂進了「六春」，每月工資很高，比原來所定的價碼提高了兩成。阿桂不好意思接受。谷虹說，生意好，賺了錢，當然得分給妳呀。這叫有飯大家吃！她笑起來。阿桂也曾聽老戴講過這句話，「有飯大家吃」，它是民生主義的政治目標。怎麼谷虹也知道這個口號呢，奇怪。

有關阿虹的身世，阿珍知道的稍多。她從小失去父母，台灣剛光復時，她做了谷家的養女。谷家靠拾荒維生。因此谷虹讀了兩年「老松國小」，便去做工。她曾到澎湖當過彈子房計分員、茶館服務生，她從來沒有談過戀愛。阿珍曾感慨地說：「依我推斷，谷虹這一輩子不會結婚了。」

有一個週末，夜晚，阿桂喝多了濃茶，難以入睡。兩人聊起「六春」的事。話一扯起，最後落到谷虹的身上。谷虹從不願意談男女結婚的話題。阿桂對丈夫說：「她真是一個好人，誰娶了她，一定幸福。可惜她已經五十了，誰會娶她？」

老戴不加意見，只是凝聽妻子說話。

阿桂喝了一口茶，囑咐老戴：好久沒有行房，她幾乎忘記辣黃瓜的滋味了，想的要命！

辣黃瓜，什麼意思？老戴畢竟作過舞台劇演員，裝作不懂對方的話。

這是跟谷虹學的。她愛開黃腔，變態。

那夜，阿桂特別興奮，玩到快天亮時，老戴趁機說出真心假話：「把谷虹帶到咱家來，咱三個人睡在一起，好不好？」

好。你倆打炮，我在旁觀戰。

這種行為，有傷風化，警察一定拘捕。

怕啥？祕密進行，更有刺激感。

不要光說不做。

直到阿桂達到了高潮，才說出了話：「過幾天，我跟阿虹商量一下，就怕她當場翻臉打我！」

老戴下床，披上睡袍，回了書房。第二天，阿桂開車子去「六春」上班，老戴坐捷運電車到「台北茶館」喝茶、寫稿，昨夜的私語好似一場夢，煙消雲散，忘了個乾淨。偶然老戴想起阿桂設計的那場戲，若在台北演出，導演、演員馬上被捕，製作人至少處三年以上有期徒刑，這是破壞傳統倫理文化的反面教材。

年底，正值聖誕假期，餐飲業生意忙碌的時節，傳出「六春」將要出售的訊息。老戴鼓勵我把它買下來，但是，這不是一筆小數目，我到哪兒籌出如此龐大的款項？晚上，老戴向阿桂探聽出售「六春」的內幕，阿桂也茫然不解。谷虹每日進店，待她如同姊妹，只有一次向阿桂開玩笑說：

「如果將來有一天，我做了總經理，妳當我的祕書，幹不幹？」阿桂順水推舟，回答一句「好啊！」

我很納悶，「六春」的營業，蒸蒸日上，谷虹為什麼急於轉手呢？

戴茂推測，谷虹可能找到了結婚對象。

春節前，谷虹找阿桂談話，邀她去一家公司作祕書，有否這個意願？做誰的祕書？男的，還是女的？

公司總經理，就是我。

阿桂笑了，當即毫不考慮答應下來。

媒體公布了台北山崎電器公司董事長穆煌續弦的消息，他有億萬財產，兒女均在外國留學。新娘將是「六春茶座」女老闆谷虹。老戴放下報紙，高興得熱淚盈眶。卻也湧上一點嫉妒的酸味。

谷虹結婚，保密到家。她也是看了報紙才知道的。「六春」迅速地辦妥了轉移手續。巫秋桂忙了兩天，便開始休假，等待谷虹結婚後再去山崎公司上班。

穆煌是個帥哥，年僅五十六歲，兩人在一起的照片，郎才女貌，非常般配。原來穆煌有一次到「六春」和董事喝茶聊天，見了谷虹，一見傾心，從此有了交往，便閃電的完成婚事。

谷虹做了總經理，權力並不大，只是掌理對外交際、應酬，以及公司的總務。至於祕書，也是聾子的耳朵——擺設兒。

穆董事長安排谷虹這個職位，讓她首先熟悉公司的營運事務，將來才能掌權。因為他也知道以谷虹的年紀，生育確實有困難了。她已有一兒一女，並不希望谷虹再懷孕，這也是雙方有了共識才結合的。

谷虹出身窮苦人家，她生活儉樸，不愛打扮，而且待人謙虛有禮，這也促進了她和穆煌的感情。她從不穿名牌衣服，也從不向丈夫提出任何要求。不但公司高級幹部敬愛她，甚至連基層職工也都暗自讚揚：穆董事長真有眼光，討了這麼一個賢慧的夫人！

那天，颱風過境風雨天氣。「台北茶館」只三、五個茶客，下棋聊天，戴茂看書，接到手機電話，谷虹的乳白色轎車，正停駛在「六春」門前，盼他前往。

有事麼？

想念你。

我很好。蒙妳照顧阿桂，感恩不盡。

趕快來吧！

沒急事吧？

有。

啥事？

見面再說。

半年不見，谷虹容光煥發，年輕多了。她把老戴帶到東區一座隱祕的旅社，進了房間，她撲進戴茂的懷間，狂吻起他來。

穆煌赴美探視兒女，考察商務，她思念情夫，幾近精神崩潰，最後出此下策，把老戴騙了出來。掏出辣黃瓜塞進情婦的堡穴，他的心才安定下來。

妳婚後很幸福吧？

只有這方面，難以滿意。老戴，若論實力，你應是中將，他只是一等兵，比你差遠了！

億萬的財產，多麼榮耀。

我寧願吃辣黃瓜雞腿便當，既過癮又爽！

戴茂抱著報恩的心情，鞠躬盡瘁，死而後已，使這位總經理獲得空前的愉悅跟滿足。為了愛他，把他送到家，才依戀不捨的離去。

這件祕事隨著颱風遠去，幾乎連男主角也忘卻腦後，一日，戴茂耐不住相思的精神壓力，向我提起谷虹，我不願意聽，索性轉彎抹角地說：「常走夜路，早晚會遇到鬼。小心點吧！」

作為當代都市小說素材，有人欣賞麼？

有，因為它刺激、色情。

稱得上是愛情吧？

不是愛情，是色情。像最近上演的電影故事片《色‧戒》一樣。它是低級趣味，沒有藝術價值的作品。導演喜形於色，那是自我陶醉，引人反感。

老戴當然有些不服氣，覺得我的評論過份保守、固執，沒有現代意識。隔了不到半個月，他忽然對我說：兩千年前，孔子說「三人行，必有我師焉」，這句話合乎邏輯。個人的觀點、行為畢竟主觀，第三者才會客觀。大抵從那時起，他再也沒提谷虹的話，我想倆人的色與情已逐漸疏離了……我暗自為他們祝福：還是斷了才好！這齣戲若再繼續下去，男主角會跳淡水河的。

谷虹彷彿靈犀相通，從此再也不打電話，召喚老戴。一年過去，穆煌宣布谷虹接任董事長，公司業務一把抓，這是他大膽的用人方式，確是企業人才。阿桂的任務也比以前沉重。山崎電器公司的營業，顯著地有了發展和進步。

有些過去移民外國的老茶客，陸續返回台北定居，久別重逢，恢復了往昔的感情，談起台北市的變化，確有滄海桑田之感。三十年前，作家戴茂便發表了預言，雖然有不少人想盡方法，去歐美落籍，躲避台北的髒與亂，但是將來他們還會倦鳥戀舊林，返回「台北茶館」喝茶的。

這些老顧客見了我，還是非常親熱，只感慨地說：「賈老闆，你也老了！」

是啊，歲月蹉跎，轉瞬間一、二十年過去，整天見面不覺變化，久別重逢，怎不看出老態？

一位姓朱的京片子，當年在廣播電台當播音員，他去了美國南部一個小城，每天上午在市場報攤門前散步，等候買一份《世界日報》，藉此瞭解台北的消息。台北的物價、股票，以及選舉情況，退休十多年來，身在異國，老朱都比我和老戴還清楚。

聽他聊天，真是樂翻了茶客。

我老婆每天看台灣轉播的電視節目，新聞、綜藝、電視劇。朱太太對白冰冰非常想念，她還喜歡澎恰恰、舜子、張小燕。

朱炳年近七旬，體態有些發胖，不過精神還不錯。他說在報紙副刊上，常看見老戴的雜文，格外親切。看到文章，聯想起「台北茶館」的嘈雜情況，繼而湧出思鄉的情感。

「回台北吧！」老朱跟老伴商量。

老伴當然同意。打電話跟兒子商量，兒子提出疑問，當年想盡許多方法，離開台北，移民美國，連續折騰了四、五年，辦了綠卡，後來才在洛杉磯定居下來，費了不少唇舌，取得美國公民資格。為什麼現在又想回台北呢？

活得不耐煩，生活不習慣，想回台北住。

那你們想回台北住多久？

安度晚年。朱老堅決地說。

兒女忙於商業，賺鈔票，沒時間跟老爸爭執。於是，兩張單程機票，朱老夫婦興奮地飛回了台灣。

十三

朱炳是戴茂的知己。為了喜歡文學，常在一起聊些文壇掌故。那是二十年前的事。偶而我也坐在旁邊凝聽。朱炳在美國住了二十年，卻沒有什麼進步。因為他的英文水準不夠深入理解美國文學，即使看了也是一知半解，瞎子摸象。二十年來，他還是看華文報紙，以及台北、香港發行海外的文史刊物。他對老戴說：「我住在洛杉磯，跟住在台北一樣。不，台北還有人聊天，交流文化訊息、知識，在美國，連打電話的對象也找不到。因為他們都在為生活而奔波。」

咱台北去的作家，偶爾也在台北報紙副刊發表作品，我也看過。怎麼樣？戴老，請你批評。

文學是現實生活的反映，我拜讀他們的作品，不是回憶往事，便是發表一些埋在心底的牢騷。他們是不能寫出偉大作品的。他們產生不了海明威，只會翻舊帳、寫回憶錄，混吃、悶睡，進養老院……

戴茂對朱炳說：捫心而論，你願意看移民美國的華人作家的回憶錄麼？除非他過去當過部長、司令以上的著名人物。說句冒昧的話，吳國禎回憶錄，我扔了垃圾箱，這些臭官僚值得你費神麼！他有什麼文化？我的批評是否有點偏激？

朱炳說：「完全正確。」

老戴介紹，咱台北的民主空氣，大概跟美國差不了多少，你剛回來，也許還不瞭解情況。現在是二十一世紀，人民的文化水平普遍提高，依我的觀察，「外來的和尚會唸經」的符咒，已經瓦解了。我的話，你可能不完全相信。

相信。

真的還是應酬話？

戴老，如果我不相信，我回台北作什麼？臨走，還有朋友勸阻，說我傻，你說我的回來是傻麼？

老戴懇摯地說：「智慧的抉擇。」

談到移民問題，許多茶客都傾耳凝聽，朱炳說：目前美國的留學生，在心理上發生巨大的變化，尤其中國大陸的知識份子，過去是固執地留在美國，用結婚、就業各種方法作美國公民。如今，美國經濟衰退，失業率高，許多大陸留美知識份子，竟然發生回流的現象。

什麼理由呢？有人不解地問。

因為目前大陸急需科技人才、經濟管理人才，如果不及時回國，將來就失去就業的機會。因為人的年紀漸老，便要退休、下崗。教師、教授回去的最多。朱炳的這些話，我在報紙上還沒看到過。

還是老戴的見解比較正確，而且有遠見：年輕人到外國學習、創業，有光明前途；而退休的老公務員，移民到國外，那是愚蠢的事。自尋寂寞，自討苦吃，那跟到深山野林中隱居有何區別？尤其是有些作家，賺台北的稿酬，在紐約買麵包加咖啡過日子，可笑又可悲。

朱炳坦率地說，移民海外，基於虛榮心，但是和洋人相處，卻有自卑感。這種心理鑄成人格分裂，精神分裂，試問如何寫出優美感人的文學作品？朱炳指出，這種客觀的現象，旅居海外的作家也許知道，也許裝糊塗，也許茫然不曉，甚至病死也不明白是怎麼回事，因為沒有人願意告訴他們，得罪他們。

茶館的客人，只要聊起兩岸問題，總會發生爭執、辯論。因此彼此心照不宣，儘量不觸及所謂的統一問題。在缺乏誠意與互信的原則下，即使勉強湊在一起，將來還會發生悲劇。

一位茶客說：我離婚四十年，前兩年，朋友撮合女人和我復婚，重新住在一起。這當然是椿好事。兩個人到法院辦個結婚手續，非常簡單，但是拖到現在，月底就已經一年了，還是沒去辦結婚手續。不是懶，而是牽涉許多問題，你們誰敢保證離開四十年，再回來住在一起，有愛情麼？有隔閡麼？兩個人能白頭偕老麼？誰敢保證沒有問題，我馬上到臥龍街找她，向她下跪、求婚。

茶客們哄堂大笑。

朱炳的老伴是台東原住民，護士出身，當年老朱追她時，確實費盡苦心。因為朱炳是胖子，也無積蓄，但是他的誠懇與愛心，最後倆人終於結婚。朱炳是文藝青年，有一次參加餐會，歡迎美國密蘇里新聞學院回來的一位尹姓作家。

尹君問朱炳：「聽說你結婚了，恭喜啊！」

老朱低頭微笑。

哪兒人？

台東。

認字麼？

四周的人都愣住了，作家，怎麼會問出這種話。台東人，難道沒有接受國民義務教育的權利。

認得一點字。老朱謙虛地說：「不過，她只認得漢字和英文。」

啊，尹作家苦笑地問：「她多大歲數？還認得英文？」

朱炳時年二十八，他的新婚妻十九歲。作護士，她不認識英文藥名，怎樣去替病人發藥、打針？

朱炳談這段身世的目的，在於提醒海峽對岸的領導人，應該也得設身處地，為台灣人民想一想，他們也有七情六慾，喜怒哀樂；他們也有一定的文化水平，從事各種職業，如果只按照傳統觀念談話，未免太淺薄了吧！

話題接觸到現實問題，茶客便沉默起來。台北，不是往昔的台北，有充份的言論自由。可是，這個歷史問題不好談，不易解決。只憑著上過大學、喝過洋水的能夠談判，那是痴人說夢！他們有啥資格決定兩千三百萬人的命運？

朱炳給「台北茶館」的茶客，帶來新的思維和世界觀。特別是對戴茂啟發很大。戴茂有一天對我表示：二十一世紀，台北一定產生偉大的作家，像魯迅一樣。我同意老戴的話，台北產生的作家會超過魯迅，因為台北具有民主自由的文學創作環境。

朱炳每天下午來喝茶，跟老戴聊天，相識恨晚。朱炳年輕時，能寫、能播，最會製作廣播節目。他當節目部副理，聲譽日隆，總經理提升他擔任節目部經理，但需經過董事長召見批准才行。

上世紀五〇年代，廣播電台是台北的最高媒體機構。播音員走在街頭，像電影明星一般被廣大聽眾追逐、請求簽名。但是朱胖子卻默默無聞。

董事長召見朱炳，見他體態臃腫，行動不靈，而且面色蒼白，沒有精神。這位出身中央政校的天子門生，對於幹部的儀表非常重視。他沿襲著唐朝科舉制度中以「身、言、書、判」四者取材，身者，貌相也。長相不夠魁偉莊重，其貌不揚，很難入選。國民黨失敗，大抵這是原因之一吧。當初曹孟德才高八斗，詩人，因為身材矮小，接見匈奴使者，找一位身高魁偉的人冒允他，曹操卻站立旁邊當侍衛。董事長問了朱斌兩三句話，走吧！

朱斌剛出門，董事長便在公文上批了兩個字：

「緩議」。

老朱是賭氣出國的。他愛台北，像愛他的眼睛一樣。遇上這種封建餘孽的長官，夫復何言？

關於這種以貌取人的傳統惡習，老戴置之一笑。國民黨如此，老共何嘗不是一樣？中國作協主席死了以後，老共煞費心機，挑三揀四，最後推選出一位「美女作家」繼任主席，豈不貽笑大方？戴茂說，這位「美女作家」的小說，稀鬆平常，長得也不算美，只是未婚而已。她唯一的政治資本是具有「中央候補委員」身份。

一位茶客說，「美女」到過台北訪問。長得灰不溜秋，像阿美族。走在花蓮街頭，沒人看她，因為比她美的姑娘猶如過江之鯽。她給高金素梅提鞋也不夠資格。總之，老戴批評朱炳賭氣出國是錯誤的，否則忍耐兩年，電視台出來，朱炳將會製作出優秀的電視節目，為台北影劇藝術作出傑出貢獻。

談起文藝交流，戴茂一肚子牢騷，上海有個姓余的時常來台北撈錢。最可笑的是台北官僚將他視作巴爾札克、托爾斯泰。住高級酒店，吃大餐，心甘情願當凱子。對自己的作家卻不屑一顧。

有位茶客插話，「遠交近攻」，中國傳統文化。這是二千年前戰國時代范睢為秦國籌劃的一種外交策略，就是連結遠邦攻伐鄰近的國家。戴老，你是台北人，人家是外來客，你怎麼能跟人家比？何況人家還是「文革」時期的上海文字打手，江澤民主席公開讚揚過，這個作家的來頭不小啊！

老戴聽了感到納悶，既然這個上海作家這麼有名，為什麼不讓他接任作協主席？反而聘了一個小娘們，頂替巴金，這豈不明顯地有人背後撐腰麼！如果女人必須出頭，王安憶、張潔、徐小斌，都比這個妞兒寫得棒啊！

茶客哄堂大笑。

談起文藝，朱斌和戴茂的看法並不相同。朱斌認為老共用人不一定正確，但卻從不袒護學院派，這是咱值得檢討的地方。他在美國，就聽到不少搞文藝的罵街，台北的文藝，被大學校園的教授把持，他們是青幫的領袖黃金榮、杜月笙……他們有一定的勢力，遍及香港、歐美各地。

「你用不著為他們鼓吹，誰看他們的作品？」老戴反駁他說。

提到學院派，茶客立刻翻起了驚濤駭浪。他們對這種傳統的現象，非常不滿。因為官場上的有力人士，皆為學院派前後同學，互相支援，把持文化藝術界，一般人敢怒而不敢言，同時沒有力量推倒他們。

戴茂抱著冷眼旁觀的態度，安慰大家：歷史會作出公正裁判的。台北，埋在地下的學院派領袖胡適之、林語堂、梁實秋，有多少文化人去追思他們？紀念他們？即使嘴上說兩句恭維話，內心卻不服氣，這不就是歷史的論評麼。

我提著一桶剛出鍋的水煎包，走近茶館，一群茶客立刻圍過來，取食。韮菜、豬肉的香味兒，在室內飄揚。如今已沒人再辯論了。

十四

戴茂的雜文，固然有不少的讀者，但是他的論點，不一定皆受讀者認同，肯定。從朱斌自美返台，聊起學院派把持文壇的歪風，老戴便集中火力，進行撻伐，對方不甘示弱，使用迂迴的卑劣手段，封殺戴茂作品。日久天長，老戴的寫作欲望逐漸消沉，湧出了封筆之念。

正在這個時期，谷虹電話邀他幽會，以滿足她那強烈的慾念。客觀地說，谷虹對於掌理企業經營，既無經驗，又無興趣。人活在世上，並非每個人想做官，也不是每個人都愛錢。江青愛權力，「權，權，權，命相連」，但是多數人卻躲避官場，鄉居養靜。谷虹的丈夫穆煌，把董事長的位置交給谷虹，退居幕後，依然掌控山崎電器公司的實際財務，他卻有閒暇的時間，到處劈腿，拈花惹草。谷虹並不敢干涉他，睜一隻眼，閉一隻眼，置若罔聞。但是，正值更年期的谷虹，卻想得要命，正如同老菸槍，「飯後一根菸，快活似神仙」，如今你強迫她戒菸，那豈不逼她跳淡水河！

谷虹不敢輕易出入公共場所，況且她對所謂舞男也無胃口。碰上沙場老將戴茂，恰如乾柴烈火，一觸即燃，江河直下，一瀉千里。雖然有愧，但內心卻暗自慶幸。從此，老戴見了我，再也不談起此事。

一日，在兩人幽會時，戴茂好奇地問谷虹，他已年近六旬，長得其貌不揚，為何對方仍對他感到興趣，這是使他百思莫解之事。

谷虹說，會喝酒的人，不喜歡喝啤酒，日本清酒，或是台灣米酒，那和喝白開水沒兩樣；跟老戴在一起，像喝貴州茅台、瀘州大麯，金門陳年高粱，過癮。

那日，老戴說漏了嘴，他說「台北茶館」的客人，為什麼不走，就是茶館的茶葉，不管是烏龍茶、包種茶、高山茶，或是阿里山茶葉，永遠保持最好的品質，寧可茶不賺錢，也得採購上等茶葉，這是「台北茶館」的一做三十多年的原因。薑是老的辣，像谷虹那個出身風塵的女人，非得找老戴這種久經沙場的老將才玩得痛快。

老戴的評論非常中肯，我經營這家茶館，是在零食、點心上賺錢，茶卻賠錢，這也是茶客愈來愈多的原因。對於老茶客，都是有感情的老兵。我怎麼忍心剝削他們？甚至，我還曾幫助過急難的缺錢的茶客。

有的茶客家裡遭受盜竊，或是離婚，也在茶館說出來，讓大家為他出主意，予以解決。日久天長，這些老茶客結成了患難與共的莫逆之交。

遺憾的是我的文化程度太低，記憶力差，否則我會記錄下不少珍貴的史料祕辛。我的茶客中，有不少三頭六臂的人物，如抗戰末期赴美接艦的水兵、空軍黑蝙蝠中隊飛行員，還有曾冒著生命危險突襲黃岩、寧波等地的蛙人。當年作過葉公超大使的司機，麥克阿瑟到台北擔任翻譯的，于右任晚年的祕書，以及桂永清作參謀總長時的隨扈。他們都是常客，對人謙和有禮，從來不會流露出絲毫官僚氣息。戴茂從他們談話中，記錄了不少歷史的見證。

這些茶客幾乎都具有雙重性格，對現實政治環境不滿意，卻都依戀不捨，離不開台北。這種性格表現，只有戴茂說得清楚：每個人都討厭妻子，囉哩囉唆，管東管西，但是卻捨不得甩了她，若是外人妄圖對她染指，還會發脾氣吃醋。老戴的比喻比較貼切而恰當。

晚報停刊，老戴並未停筆，他如今已不愁衣食，寫出來作品，積少成冊，然後自費出版。他有企業家作後盾，精神煥發，每月被召喚兩次，臨老作了男妓，其乃有說不盡的辛酸與樂趣。旁觀者清，我總覺得老戴對不住他的妻子巫秋桂。

捫心而論，老戴不是男妓，因他和谷虹有愛情。谷虹每次掏錢給他，他總會怒目相對，有一天幾乎翻臉。後來，兩人作了君子協定，凡是戴茂結集出書，繳付出版商的款項，皆由谷虹負責。這筆數目，在谷虹心目中，九牛一毛而已。

那晚，巫秋桂驅車來家作客，她是忙人，開門見山邀請阿珍去山崎擔任祕書工作，月薪比講師高兩倍，而且公司配給車子。阿桂跟她考慮三日，給予肯定的答覆。

阿珍在夜間部作講師，毫無前途。因為學歷低，即使教到白髮皤皤，也升不了助理教授。我早勸她退職，在家休息。去年冬季體格檢查，血糖已是紅字，醫生警告飲食應當留心，目前已有糖尿病的症狀。如今阿桂勸她轉業，豈不是最好的機會？

去是不去？

隨妳。

我實在幹膩了。學生上課沒心聽課。我也不能發脾氣，一套講義翻來覆去講了七八年，像小尼姑唸經。

那就去山崎公司吧。阿桂會照顧妳，我也放心。

幸虧阿珍不瞭解老戴和谷虹的歷史淵源，以及兩人時常幽會的祕事，否則一定引起醋海波瀾。我和阿珍結婚以來，從不向她談男女之間的狗屁倒灶的事。她也對外界的事茫然不解。去了山崎公司，顯然地有了變化，首先是她開始注意儀容、修飾及外貌打扮。過去，她披上外套就去學校，如今也學會化妝了。

「媽，妳一月賺不少錢吧？」兒子問她。

「努力讀書，將來考取留學，媽給你美鈔。」

兒子轉悠了一會兒，說出了掏心話：「如果工作太累，妳就回來，身體如果不好，我留學有啥用？」

你的志向做什麼？

我去開茶館，走爸爸的路。

你這孩子，不想將來有一番事業？

我只盼望媽媽沒有糖尿病。

聽了他母子的談話，心酸難過。糖尿病，多來自遺傳，它是難以治癒的。既然做了山崎電器公司祕書，只有按時上班了。

阿珍進了山崎電器公司，適巧有位羅政副總經理到職，她便作了羅政的祕書。這個人很官僚，留美碩士，從高中時期，便是穆煌的鐵哥兒們。

這次穆老闆請他來擔任執行副總經理，就是將公司的營業權力，完全交給了他。羅政趾高氣昂，旁若無人，他的客人川流不息，他對阿珍講話，向來是不看人的。

趕快倒咖啡，不可怠慢客戶。

阿珍是祕書，卻像作副總經理的佣人，滿腹牢騷，回家只有向我吐訴。我勸她去告訴谷虹，設法換一個位置。可是，谷虹對此人也是懼怕。羅政是滿清貴族的後裔，滿清覆亡，愛新覺羅改為羅、金等漢族姓氏，但是羅政依然具有貴族的風采跟魅力。穆煌好不容易把他從海外請來，為的是提升山崎電器公司的輝煌業績。

我將羅某的傲慢跋扈作風，告訴老戴，他冷笑地說：「滿清覆亡一百年，咱還受他們的欺侮，這未免太荒唐了吧。你說的這些話，好像卡通。」

真的，人家是貴族。

屌！歷代的帝王，不是流氓，就是地痞，滿清來自遼闊的東北，地曠人稀，盛產馬賊，他們的祖先有幾個識字的！

為什麼穆老闆把這位旗人當聖人看待呢？

賤。

正值林承珍覺得委屈，打算辭職時，她調離了羅副總經理辦公室。原來羅政早已嫌阿珍做事緩慢，而且年紀稍大、外語水平不行，長得也不漂亮。羅政在公司挑選了一個留美的辣妹，酒量好，會交際。阿珍調到人事室任副理，工作暫時穩定下來。

這個旗人羅政，在山崎公司興風作浪，散佈謬論，他說宣統皇帝若不下台，繼續維持封建帝制，大清國將會成為世界一等強國。他大罵袁世凱、黎元洪，批判他們忘恩負義，出賣清室。

這個留美碩士的謬論，最適合穆煌的口味。羅某說，凡是作畫的人，都畫一個茶壺、配上四個茶杯。從沒有畫一把茶壺配一個茶杯，因此，男人必須有四個老婆，才會幸福。

這個旗人後裔的謬論一籮筐。谷虹起初忍耐，終於起來和丈夫爭論，即使離婚也不在乎，誓必把羅政趕出台北。戴茂是個主持公義的作家，他的一篇〈旗人復辟〉在台北報刊發表，引起迴響。許多青年來網路上攻擊羅政，認為在民主的現實社會，竟然存在這樣的人物，發表這種謬論，實在是台北市的一件奇聞。

戴茂的〈旗人復辟〉，原文抄錄於下：

凡是滿清後裔旗人，幾乎都有變態心理。他們在知識份子群中，隱姓埋名，裝孫子，裝白痴，絕不表露自己的身份；但在無知的官僚之間，卻充份流露出旗人自傲自負的形象。這種心理和魯迅筆下的小說人物阿Q一樣，他「門第高，輩分大，先前闊」。他常說：「我們先前——比你闊多啦！你算什麼東西！」旗人也有這個毛病。

過去台北電影圈有兩個旗人，確為愛新覺羅後代，他二人早已改了漢族姓氏，言行謹慎，絕不流露自己祖先是來自東北的剽悍的馬賊。清朝入關統治二百多年，到了晚期，已處於殘燈末照、腐敗透頂的地步。北京的旗人子弟，整天提籠架鳥，泡茶館、打麻將、吸鴉片，吃喝玩樂，他們已不會騎馬打仗，生活也發生困難，只靠「血統」領一些銀子，揮霍。旗人是墮落的象徵，怎麼敢承認自己的身份呢！

如果台北企業界有人把旗人視為上賓、顧問，那倒是一件奇聞，太陽從西方出現的怪事了。

八旗子弟有句口頭禪，「漢人無累，旗人有累」，累者即老本也，老本是啥？無非是仰仗他們的祖先當年曾以血肉之軀，出生入死，殺出了一個清王朝。他們覺得有恃無恐，認為坐吃俸祿，理所當然。

八旗子弟享盡特權，令人髮指。他們畜奴成風，對奴婢恣意虐待，婢僕往往飲恨自盡。僅康熙初年，每年報部自盡的漢族奴僕，即不下兩千人。清兵進入北京圈地蓋屋，據為己有，七歲以上子女，即食全俸。有些旗兵滿頭白髮，也不退休，照拿薪餉。那些旗兵每日酗酒、賭博、訛詐、盜竊，雇人當差，無法無天，簡直到了天怒人怨的地步。

為了推翻腐朽的滿清王朝，犧牲了成千上萬的革命青年，如今把八旗子弟請來當諸葛亮，若是孫中山先生九泉下有知，他一定傷心落淚。

十五

穆老闆為了維持山崎電器公司的營業，平息那個所謂八旗子弟後裔帶來的爭議，他只得送了一筆巨款，抱著破財消災的心情，送走了瘟神羅政。台北是民主的搖籃，任何人都享有自由生活。但是姓羅的覺得臉上無光，把台幣換成美鈔，去了美洲的薩爾瓦多，沒有人知道他有「貴族血統」的城市，混吃、悶睡、等死去了。

羅政走後，山崎公司職工士氣大振。每個客戶都誇獎穆老闆有知過必改的決心和勇氣。當然，谷虹作了一定的影響。她提出離婚要求，誓必把旗人趕出台北；林承珍、巫秋桂也願放棄優渥的待遇，辭職，因為她們不願再受「貴族」的歧視和虐待。最後，穆煌才恍然大悟，他雖然留學美國，卻比不上台北從基層走出來的一個工人！

那年年底，也即是送走瘟神之後，營業額特好，山崎核發了大批年終獎金。谷虹打電話找老戴幽會，老戴婉拒。原來谷虹是感激他，用雜文掀起輿論，喚回了丈夫的醒悟。老戴回答她說：「我是台北人，愛護穆老闆，愛護山崎電器公司，是我戴茂應盡的責任。」春節前夕，谷虹以總經理的名義，派人給戴茂送來一台新出品的冷暖氣機，作為禮物。

最早發現羅政具有野心的是阿珍。一日，她聽到羅政和一個朋友談話，有意參加下屆台北市議員選舉，他估計以山崎公司兩萬職工，以及客戶的票源，再用宣傳手段爭取選票，應該上榜。羅某把山崎公司的職工，看成白癡，把文化程度日漸提升的台北市民，視為傻瓜，谷虹聽了這個祕密，冷笑起來。

谷虹將此笑話告訴丈夫，穆煌聽了大為驚愕，他以重金禮聘羅政來公司整頓營業事務，他卻心不在焉，藉此作為從政的階梯，實在讓他失望至極。

穆老闆的觀點，作一個人，應該全心全意朝著固定的目標前進，不能腳踏兩條船，那會失足落水！穆煌在一次談話中，曾試圖探探羅政的口氣，羅政說：「我和你的身份不同，我是滿清貴族後裔，有潛在的人脈力量，我的估計應該沒有太多的落差。只要我參選，一定十拿九穩！」

你有把握山崎公司的職工眷屬都投你的票？

我是執行副總經理，他們敢不投我？

穆煌自從聽了他這句話，方才恍然大悟，所謂旗人，竟是如此驕縱自信跋扈，他識人完全失敗了。

三日後，穆煌召開董事會，在座的董事竟以全數通過的票數，趕走這位騙子、瘟神。穆煌的心涼了，他的心血白費了，他的書白唸了！

有個董事激動地說：「如果不把這個旗人趕走，三年之內，山崎公司『剃頭的拍巴掌』——完蛋！」

這麼俏皮的話，竟然沒人笑。

另一位董事說：「穆公，你錯了。」

戴茂有一天，發表對穆煌的評論：這個人擇善固執，且懂得聽取別人正面的意見，將來會成功的。「聽人勸，吃飽飯」是句俚語，卻是科學的普遍真理。如果一個知道錯了還至死不悔改、不回頭的人，那是絕對沒有希望的。

茶館的幾位老芋仔，聊起那位「貴族」羅政，樂不可支，笑出了眼淚。他們參加過徐蚌會戰，那場戰役前後三個階段，歷時六十五天，國軍被殲滅了五十五萬五千人，造成長江以北的徹底崩潰狀態。老共怎麼勝利的？靠著魯南山區的老鄉，推著十幾萬小土車，裝滿了彈藥、糧食運到前線，協助老共解放軍作戰，最後才贏得了勝利。

那位當年當連長的茶客，激動地說：在群眾的時代，白崇禧沒有用處了！諸葛亮也難以改變戰局了！留美的，留英的，滿清貴族後裔算個屌？

許多茶客哄堂大笑。

一位老年茶客，感慨地說：梁任公當年在「清華國學院」演講，他預言中國總有一天會覆亡在歐美留學生身上。當時有人批評梁啟超有點偏激，但是仔細思索一下，這句話有道理，而且會實現的。

那老芋仔說，在舊時代，凡是中舉的都能做官，有學問；到了民國，從國民黨執政，留學生吃香的、喝辣的，好像中國人沒有洋人在後面撐腰，就不能站起來，媽的！這算什麼國家？

聽了茶客的輿論，心裡憂喜參半。憂的是沒有留洋的知識份子，難以出頭；喜的是現在咱台北是民主自由大都市，人民可以批評政治，沒有顧慮，若是在上世紀五〇年代，茶客若發表這種言論，我會請他走出茶館的，因不願意陪他一起坐牢。

那年冬天，台北格外寒冷，冷鋒猶如波濤，湧過台北。陽明山凌晨已開始飄下雪花。阿珍勸我不要出門，茶館索性停業一天。我姑妄聽之，但是我怎能歇業？若是有茶客去的話，失望而歸，我內心怎對得起他？

清晨，阿珍吃過早點，開車去了公司。我磨蹭到九點多，才坐捷運電車去了中華路「台北茶館」，開店營業，果然，老茶客陸續進店了。

他們喝茶、看報，談氣候。

「老賈，你真夠朋友，這麼冷的天，還為我們幾個人開門營業，我們啞巴吃扁食——心裡有數。」一個老芋仔說。

其實讓我一個人悶在家裡，也很寂寞，冷鋒說不定中午便會南下，氣溫開始逐漸回升了。台灣是一座春天的海島，若在華北，這個季節已是千里冰封、萬里雪飄，許多勞苦大眾還不是照常為生活而奔走？

茶客愈來愈多，大家聊來聊去，卻不見戴茂的身影。在客人中間，老戴才六十出頭，屬於壯年派，比他年長的多一倍。為啥老戴不出門呢？難道血壓出了問題？說曹操，曹操就到，老戴披著藏青色呢大衣，微笑地走進了茶館。

「同志們，辛苦了！」他向老朋友打招呼。

「為人民服務。」有人大聲答話。

這是模倣北京天安門閱兵的政治用語，引得全場茶客捧腹大笑。

戴茂說，北京閱兵，一唱一和，有人情味兒，有文藝氣息，比咱台灣進步。前兩天，最高統帥視察部隊，那一群穿軍裝的小伙子鼓掌，歡呼：

「你是我的大帥哥！你是我的巧克力！」哈哈，肉麻當有趣！

沒文化，沒學問。一位客人插話。

咱們軍校還得加強文學教育。另一個老芋仔說。

其實咱們這種創新的口號，充滿青春活潑力量。如果改成「你是我的檳榔樹」，具有愛鄉愛國氣息，豈不比西洋味的「巧克力」親切？

咱台北人口多，文學人才卻少。喝酒風氣助長了自我陶醉症。這種症候，醫學院的心理教授，根本不懂；中文系的教師漠不關心。我記得過去在「三春音樂茶座」服務，一位茶客諷刺台灣的「情人節」，舉辦什麼接吻比賽、吃巧克力賽、喝啤酒賽；酒店、賓館五折優待，到處是一派商業化庸俗氣息。這位茶客對我說過：情人節，台北一年過兩個，農曆七夕、西洋「情人節」。我提議「情人節」要名正言順改為「打炮節」。

有學問。一位茶客鼓掌喝采。

一位退休多年的人事局官員，對於台北的電視綜藝節目，非常厭惡，許多節目，總的來說是提倡「牛鬼蛇神，吃喝嫖賭」，有的男人還現身說法，如何劈腿，如何搞外遇，這真是空前的荒唐節目。他說：「新聞局主管電視節目，古今中外有此前例麼？顧名思義，新聞局只是代表政府宣佈政令，發佈新聞，管理新聞媒體機構而已。電視節目應該屬於文化範疇，歸文化部管理。這種管理，豈不像農委會管外匯、觀光局管兩岸貿易，教育部掌理槍枝非法進口，亂了套嗎？」

老芋仔站起來罵：「新聞局憑什麼編制為局？才兩三個屌人，只能稱作新聞人室！」

戴茂對於「打麻將」節目，極為反感。幾個女明星，長得不漂亮，打牌也不高明，只會打情罵俏，消磨時間。他問：「播映這種節目，目的何在？鼓勵打麻將，還是助長賭風？怎麼立法委員不站起來質詢呢？」

戴老，他們充耳不聞，一定收了紅包。

監察委員有監督權，為啥不管？

監察委員修養好，回家給他媽洗腳去了！

笑聲，夾雜著罵聲，比立法院開會還熱鬧。

阿珍去山崎電器公司兩年，積蓄了不少鈔票。她已現出蒼白的臉色。我勸她休息，不必再為賺錢奔波、辛苦。她有難言的苦衷。谷虹、阿桂待她如姊妹，阿珍怎能向公司辭職？

昔日戲言身後意，今朝都到眼前來。兒子準備留學，阿珍卻仍患糖尿病。母子展開爭論。最後，兒子終於噙著淚花，出國。穆老闆囑咐阿珍，兒子學成歸國，好進入山崎電器公司服務。阿珍謙虛的笑了。

阿珍對於谷虹，佩服得五體投地。一個小學沒畢業的女人，竟然領導兩萬職工，平安無事，確屬難得。谷虹稱得上是企業界的女強人。

對於穆老闆的私生活，谷虹置若罔聞，丈夫在外應酬、劈腿、玩女人，她一概不管，好像那是他份內的事，應有的權利。谷虹也有苦悶，除了忙碌之外，偶爾也找老戴發洩一下，這是任何人都不知道的祕密。

老戴早有甩掉谷虹的計劃，但總是猶豫不決，於心不忍。他曾開門見山告訴對方，他不是帥哥，猛男，只是一個年屆六旬的老芋仔，不值得谷虹留戀。

我喜歡你。

老戴哧地一聲，笑了！

你寫了這麼多年文章，知道不少近代史軼聞、掌故，但是你卻不懂得女人的心。你承認吧？

老戴點頭。

我年紀大，沒文化，但是我有錢，如果想玩男人，不是困難的事吧？

老戴點頭。

那為什麼你老是躲著我？怕我吃了你？

因為我心疼妳，愛妳。戴茂終於說出了掏心話。

既然你愛我，那就脫衣服愛吧！

這位寫雜文的老芋仔，戴茂，他的上輩子可能是明朝永樂年間「神機營」的炮手。他對付谷虹的戰術，無論瞄準、裝填、發射，都會搞得谷虹血雨腥風，樂極生悲，這種箇中滋味，只有谷虹一個人才會知道。

十六

冷峰過境，氣溫驟降，台北街頭車輛，已呈現堵塞現象。新年過去，春天即將來臨，老茶客病了、住院，總有四、五位。年紀高，血壓高，最難熬的則是寒冷。感冒引起發燒，進而併發肺炎，輕則中風，重則一命嗚呼。雖然我不是醫師，但是我對老茶客的健康情況，瞭若指掌。常來「台北茶館」的老人，若是三天不見人影，那一定是身體出了狀況。

過去，回大陸探親的熱潮，早已冷卻下來。知道了家鄉情況，親屬現狀，淚流過了，哭了不少次，錢也寄得差不多了。如今，日子還得過，茶還得喝，水煎包還得吃，只是齒牙動搖，耳聾眼花，走起路來已步履蹣跚，搖搖晃晃。客觀而論：他們已活了大半輩子，夕陽無限好，只怕近黃昏，來日無多了。

過去，張群說過：「人生七十才開始」，這句話真是鼓舞人心，老頭子最愛聽這句話。戴茂說過：張將軍是我四川鄉長，他這句話缺乏科學論證，我不相信。若是提出有力證據，可以獲得諾貝爾獎。

你對此話有何評論？

王二麻子片兒湯。

我在台北市做茶館生意三十多年，親眼看到這個都市有了翻天覆地的變化。辣妹多了，老年人多了，有錢人多了，汽車也多了；媒體上介紹吃喝玩樂、觀光旅遊、健康養生之道。套句俄國作家愛倫堡的話：「一方面是莊嚴的工作，一方面是荒淫與無恥。」我覺得這句話非常寫實、客觀而貼切。

老茶客顧春，教過中國近代史，他對於辛亥革命，北洋軍閥，縱橫大江南北；以及北伐、抗戰和國共內戰這段史實，瞭若指掌。他說：「台北這個都市，過了將近半世紀的太平歲月，沒有戰爭，只有建設，上海比得了麼？廣州比得了麼？人在福中不知福，有些人想不開，還老想移民外國，我問你們，住在舊金山喝得到老賈這麼香的茶嗎？」

我聽了臉皮發燙。謝謝大哥，太恭維我了，慚愧、慚愧！

台北人，人情味濃。春節開業，老茶客都送我紅包。我不收，對方生氣。只得道謝接受。有些客人怕張揚，臨走，索性把紅包壓在茶杯下面，嘴角帶著微笑離開。為了這件事，阿珍跟我抬槓，她說一個大學畢業生，開茶館，已夠寒酸，如今還收客人的紅包，實在不太光彩！

我覺得客人的熱情好意，若是置之不理，不獨辜負人家的心意，而且矯情。

因為這些茶客，一年裡有三百六十天，幾乎每天見面。來而不往非禮也。我會以最高品質的茶點，回饋顧客。他們都會明白，心存感激，「台北茶館」的生意，歷久不衰，日趨繁榮，這就是它的關鍵。

阿珍自從進了山崎電器公司，業務繁重，她從不來茶館。過去，她跟戴茂吵過架，文人相輕，自古皆然。阿珍曾以「艾茗」筆名，在台北報刊發表散文小品，寫一些男女私情，風花雪月的瑣事，老戴是非常厭惡而鄙視的。那日，阿珍來店，跟老戴打過招呼，兩人便開始抬槓。

妳進了企業界，應該寫一點反映工人生活的作品吧，怎麼江郎才盡，不見艾茗的大作了？

工作忙，寫不出來。

妳為啥不再寫點風花雪月的散文，讀者最喜歡這種東西。尤其是中學生、大學校園的女孩子，都是妳的讀者。說不定妳再寫兩年，妳就是「台北張愛玲」。

別損人啦。

妳不是艾茗麼？「愛名」，沒啥丟人啊。

我愛鈔票。

妳能不打自招，迷途知返，這是一件好事。阿珍，如果妳再繼續寫下去，我給妳四個字的論斷——

說吧。

死路一條。

林承珍噘著嘴巴，走了。

有些聽到兩人爭執的茶客，捂嘴直笑。為了給我面子，他們也只得充耳不聞，避談此事。

戴茂對於台北流行的女性散文，極表反感。上海也有這類作品，稱作「瓜子散文」，很妙。嗑瓜子，消磨時間，跟打麻將一樣。八圈下來，再打八圈，日復一日，不覺歲月已逝，直到嗚呼哀哉，他的手不能摸牌，才結束了一生，何等痛快！咱台北的「瓜子散文」，吃上半天，也比不上一個水煎包。吃得舌頭發麻，嘴巴乾燥，再喝兩口茶，潤喉。吃瓜子，可以減肥，也讓人少說話，同時可以打發時間，豈不快哉。

阿珍的筆名「艾茗」，當年還是老戴給她取的。茗者，茶也。一說是晚收的茶。《世說新語》記述：山季倫為荊州，時出酣暢，人為之歌曰：「山公時一醉，徑造高陽池，日暮倒載歸，茗艼無所知。」阿珍的丈夫賈明，茗與明同音，艾茗者，含有愛丈夫、愛喝茶之意，這個筆名取的絕妙。

阿珍走後，我才捧腹大笑。我向老戴解釋：阿珍只能寫點女人的雞毛蒜皮的家常小事，見解少，知識有限，她怎麼會寫出治國平天下的文章？至於評論家說棒，那是別具用心，宛如舊社會的公子哥兒看京戲，捧戲子一樣。這些話，我曾向阿珍說過。她心裡也有數。

戴茂指出，台北的報刊，把這些專寫「瓜子文學」的女作家捧成明星，在校園招蜂引蝶，風靡一時，造成台灣文化的污染，卻無人過問，官方還在鼓動風潮，這不是作孽麼！

放心，女人生了孩子，她沒氣力去招蜂引蝶了！一個茶客插話。

有人說，官方並未助長「瓜子文學」氣勢。始作俑者，學院派及美國文藝買辦也。他們在幕後操控台北文藝，以他們的意志決定詩人作家的聲望與地位。關鍵問題則是官方茫然不曉，咱們應該諒解他們。

阿珍雖然跟戴茂發生爭執，但阿珍內心仍然關懷他，敬重他。偶爾經過中華路，下車，進來茶館，她見了戴茂，總還會親熱地喚一聲「戴大哥！」

作家艾茗來了，愈來愈年輕了！老戴放下了筆，和阿珍開玩笑。

阿珍告訴老戴，兒子前天打越洋電話，談及他在圖書館看華文報紙，上面刊載了戴伯伯的雜文。兒子快活得很，因為他認得戴老，內心感到光榮、驕傲。

「穆老闆最近沒出國吧？」老戴問她。

上禮拜才從上海回來。他的事情，我不知道。聽阿桂姐說，山崎公司的電器準備向大陸打開銷路。戴大哥，你應該比我清楚啊。

「你們公司的事兒，她從來不跟我講。好像是一個神祕機構似的。」

阿珍哈哈笑起來。

其實阿珍也不愛向我談她們公司的事情。老戴跟她老闆娘谷虹有一腿的事兒，阿珍也茫然不曉。整個台北市瞭解這件祕密的，只有我一人而已。

那天，我問老戴，最近沒跟谷總劈腿吧？

快半年了。人老了，劈不動了。

這才是一齣好戲，喜劇收場。

戴茂吟誦一首古詩：「去年今日此門中，人面桃花相映紅。人面不知何處去，桃花依舊笑春風。」吟畢，長嘆了一口氣。

你還想念她嗎？

廢話。人是感情的動物，我怎麼能忘了她？你這不是明知故問麼！

偶爾老戴夫婦相聚，聊起山崎公司的閒話，阿桂也會談到谷虹。目前，穆老闆和谷虹是掛名夫妻，已經兩年多沒行房了。穆老闆經常出國，劈腿、搞外遇，已經是公開的祕密。谷虹根本不管，而且也管不了。她似乎連名份也不計較。

她身體還好吧？

兩年前，谷虹因子宮炎到醫院問診，醫生懷疑有惡性腫瘤，問她有無動手術的意願，當時丈夫身在日本，她也無人商量此事，便稀里糊塗答允下來。子宮切除，雖是普通手術，但它的副作用卻很大。據統計台灣婦女子宮切除後，離婚率佔百分之八十以上。谷虹雖未離婚，但兩人卻跟離婚沒兩樣。

老戴聽了一頭霧水，為什麼這樣呢？

阿桂說，我沒有動過手術，怎麼知道？老戴追問究竟，阿桂覺得不耐煩，才賭氣道出原因：子宮切除，裡面似乎少了什麼，男人玩起來不舒服，就會討厭、鬧情緒、離婚。但醫生說，其實百分之九十以上是心理作用。

老戴沉默起來。心中暗自同情谷虹。他裝作不知道此事，從不向外人提起此事。一日，老戴沉不住氣，拿起手機，撥通了谷虹的電話。

誰？

是我。

有困難麼？

有。

需要多少？

不要錢，想打炮。

這麼大年紀，還說這種不要臉的話……

妳不想呀，七個多月沒來了，急的要命。

自己想辦法吧。谷虹想切斷電話。

今天下午兩點鐘，我在熱海賓館門口附近等妳，風雨無阻，不見不散。老戴切斷了電話。

既然瞭解對方的情況，戴茂早已作了妥當的攻擊準備：吃下威而鋼藥丸，胯間便呈現石筍狀。他以中藥店學徒的攪拌、搗藥的方法，發揮直搗黃龍的士氣，將谷虹整得如醉如痴，呼天搶地，變成了一個瘋子。

她抓住老戴的胳臂，吶喊：「別走！死老戴，再來！」

老戴笑了，他說自己不會離開台北的。來日方長，改日再會。

回了茶館，戴茂累慘了。喝茶、吸菸，不願和我說話。我原想講一點「極樂生悲」、「適可而止」的道理，卻怕惹惱了好勝心強的戴茂，只得保持沉默。半晌，老戴才低聲問我：「你說，我的行為是否犯罪？」

「在人情上，你沒有罪；站在倫理道德立場，你犯了罪，而且很重。」思索半天，我講出這些充滿矛盾的話。

傍晚，巫秋桂的車子停駛門前，把老戴接走。她說谷虹請她夫婦去吃麻辣火鍋。我心裡偷笑……

十七

年紀大的人，總盼望有個聊天的知己，抒發心情。兒女不行。老戴的知己，台北市只有我一人而已。他批評我的觀念仍有封建殘餘意識，對待谷虹，說他「犯了倫理道德的罪過」。

「我沒有犯罪。」他堅持自己的觀點。

說說看。

當朋友需要用錢的時候，我借給他，不要利息，這是犯罪麼！

茶客不多，即使被人聽見，人家也不懂，像黑話。

我低頭想，老戴的話也有道理。一個願打，一個願挨，周瑜打黃蓋構成不了罪狀。何況老戴和谷虹是四十年的老朋友了。

「沒話說了吧？老賈。」戴茂露出勝利的微笑。

台北有個優點，不像北京、上海各城市，春節期間，百業歇息閉門，只有賣零嘴、玩具，哄小孩的街販，在蹓躂。咱台北，大年初三，中華路上的飯館麵攤，吃的喝的，啥也買得到。剛才我還給老戴買水煎包呢。

戴茂教給我一種「斷食法」，這是從弘一法師那兒學來的。對於中老年人養生，很有益處。所謂斷食，就是隔上數天，則斷食一日，讓腸胃停止蠕動，獲得暫時休息。僅以米食為例：

稀粥——米飯——斷食——稀粥——米飯——斷食……

戴茂告訴我，依他的經驗，男女房事亦應如此。年逾六旬，最好勿接近異性，才會永葆青春健康。

在我們茶客之間，有些年長的佛教徒，多半「過午不食」。這也就是「斷食法」。每天雞鴨魚肉，海參魚翅，酒色財氣，挺著突起的啤酒肚走路，那是不幸的人！千萬別羨慕他們。台語有句罵老公的話——凸肚短命。罵得真貼切，真的凸肚就容易短命！

我思索著老戴的話，默不作聲，卻引起他的反感：你不相信是不是？他跟谷虹相識幾十年，無話不談，她的掛名丈夫有地位、有學歷、有事業，有數億財產，年紀比我輕，長的比我帥，但是谷虹喜歡的竟然是我，你相信麼？

我點頭。

老戴告訴我：阿桂常在他面前提起谷虹，說她過的是修女的生活。阿桂勸她去信奉上帝，她搖頭。她說她和上帝無緣，上帝不可能愛一個罪人。

妳不是罪人，谷總經理。

我是罪人，妳不知道。

谷總，妳認為世界上什麼最重要？金錢、權位，還是愛情？

愛情。

谷總，愛情可以用金錢買來的。中山北路、林森北路，夜總會的舞男、猛男、帥哥，隨便妳挑選，有錢能使鬼推磨，那還不容易！

不，那不是愛情。

愛情可以發展為和平，和平才是人類繁衍綿延的力量。背後藏著炸彈，在談判桌上辯論和平，這種和平靠得住嗎？

照妳這麼說，谷虹很有學問。

經驗得來的哲理。

我陷入無限地思考中，一個只讀到老松小學二年級的女孩子，窮苦奮鬥了大半輩子，做了數億財產的企業總經理竟然輕視金錢，看重愛情。台大、留學的有幾個具備這樣的價值觀？

我感慨至極。

我白白浪費了四、五年的青春好時光，去混一張夜間部的大學文憑。想不到我得到的真正的知識，卻在「台北茶館」。「老戴，你做了台北人，你擁有了質樸純潔的女情人，你這一輩子沒白活了。」

元宵節，台北市民沐浴在春節的祝福聲中，一家八卦雜誌刊登出山崎電器公司老闆穆煌，在上海浦東設立的營業處，被他的二奶Nancy何，以仙人跳手段，侵吞了高達兩百萬美鈔的貨物。報導說：這個女人原是穆煌留美時的同學，兩人情投意合，想不到何某竟串通丈夫詐騙大批電器貨物，致使穆煌忍氣吞聲，返回台北。

谷虹擔心丈夫想不開，自殺。穆煌只是認為Nancy何受過高等教育，出身高幹家庭，她是不會坑害老同學的。谷虹總以「破財免災」安慰丈夫，但是穆老闆卻因受了精神打擊，患了憂鬱症。嘴裡時常嘟囔「錯了，怨我」四字。台北總公司的營業，在谷虹和穆煌的兩個公子的領導下，照常運作。

山崎公司的廣大職工，推選代表向穆董事長送花、慰問。他們保證勤奮工作，提升營業成績，山崎公司是絕不會倒下去的。這點損失就當作是給予我們一點點警惕而已。

穆煌的憂鬱症，逐漸有了改善，他不說「錯了，怨我」那四個字了。

在穆煌生日宴會上，穆府全家老少齊聚一堂，唱歌，吃蛋糕，一派歡樂的氛圍。這時，谷虹站起來，面帶笑容，發表祝福的話。

我是養女出身，從小家裡窮，在台北市做攤販、當下女、做計分員，還當過清潔隊員。我只讀過兩年老松國小。我跟穆董事長結婚，實在是歷史的誤會。為了山崎電器公司的前途，我想辭掉目前這個職務，同時我也想跟董事長辦離婚手續，我必須說明，我不要公司一文錢……

客廳的人都愣住了。

谷虹，妳喝酒了？怎麼這樣？穆煌驚訝地問。

谷虹坐下，微笑說：「到地方法院辦個手續，誰也不知道。」說完，她走出了客廳。

一週後，谷虹搬出了穆家。她的離去，真像陽明山飄下一片黃葉，悄悄的，任何人也不知道。穆煌對谷虹毫無感情，她走了，像走了一個忠實可靠的女佣人，有點遺憾而已。

為了感情，道義，巫秋桂也辭去祕書職務，回到丈夫戴茂的身邊。

那夜，戴茂正在燈下看書，阿桂悄悄走進來，坐在床沿。他抬起頭，凝視著阿桂：「妳有話跟我說，說吧。」

巷口，有家成衣店想頂讓出去。生意還不錯。谷虹想買過來，和阿桂合夥做成衣生意。兩個女人沒有兒孫，若光是待在家，也不是長久之計，將來都會變成白痴。阿桂問丈夫是否同意？

我呢？老戴問。

你還是去茶館看書、喝茶、寫稿子、跟那些三教九流茶客聊天，蒐集野史。晚上回家吃飯、睡覺。成衣店的生意，你插不上手。

行。妳的這個計劃，贊成。

還有……

還有什麼話？

阿桂吞吞吐吐，起初讓老戴聽得一頭霧水，不解其意。半晌，他才明白過來。阿桂原來睡在主臥房。那張沙發床已有二十年歷史，也應該淘汰了。她想去家具行選購兩張舒適的單人床，擺在房內。

買單人床幹啥？誰睡？

谷虹。

戴茂聽了捧腹大笑。雖然我睡在書房，互不干擾，但是總不方便啊。日久天長，這事兒若傳揚出去豈不成了大新聞，我怎麼敢進「台北茶館」？

老頭子，你別自我膨脹了。你寫了幾十年文章，有多少人知道你？跟山崎公司的同事談起文藝，很多人都問「哪個戴？哪個茂？」

妳怎麼說？

歌星鳳飛飛不是「戴帽歌后」嗎，我老公的名字就是「戴帽」那兩個字。

許多人搖搖頭，說「沒聽過」、「不知道」。

老戴轉回了主題：妳請谷虹搬到咱家來住，人家不罵妳才怪哩。

她倆都是台北人，年紀相近，情如姊妹。直白地說，阿桂請她搬進來住，谷虹不敢不來，也不會不來。

那夜，老戴和阿桂行房，壓得床吱吱作響。老戴笑問：「谷虹睡在隔壁，聽得一清二楚，那多丟人？」阿桂說：「刺激，過癮。」等她穿上三角褲，才說出谷虹對老戴的熱烈感情。包括她結識戴茂的往事，以及兩人幽會做愛的歡情，她聽了非常感動。

「妳不吃醋？」

「谷虹疼我，像我的親姐，我怎會吃醋？這件事，你沒意見吧？搖頭不算點頭算，趕快表示意見。」

老戴點了頭。

生意做的不錯，因為價格稍低，谷虹抓住了台北中層婦女的心理，採取「薄利多銷」政策，成衣店迅速地打出了名號。

為了保持睡眠的良好品質，戴茂堅持睡在樓下，換了一張比較寬敞的彈簧床。每人輪流半月，陪同老戴。這樣才不致帶來「聽房」的苦惱。

谷虹的烹調技術，確實不錯。普通蔬菜經過她的技術，變得色、香、味俱全。這是她長期生活在鼎食之家，跟一流的廚師學來的手藝。

每隔半年，谷虹便和阿桂去香港採購成衣，無論款式、花色，都比較高檔，而且時尚。台北人的購物心理，呈現出水漲船高的趨勢，不怕貴，只要成衣漂亮，料子好，自然會有顧客。

戴茂過去寫作為賺稿酬，以解決衣食問題的時代，淡水河似的一去不復返了。他像一隻蠶，如今常吃桑葉，卻少吐絲。眼界與思想提高了。有時，十天半月不寫一個字。

他的書房仍在二樓，只是書櫥的書，愈堆愈多。兩岸互相交流以來，北京、廣州和上海的書籍，湧入台北市場，品質好的多，商品化的劣品少。戴茂的文學水平比較高，他選擇購買文學書刊，畢竟比買成衣內行。

海峽對岸經過十年的文革，對於文學品質，確有顯著的變化，許多作品，詩歌、散文、評論、小說或戲劇，西化的、粗糙的、商品化的，遍地皆是，特別是從上海運來的文史作品，更是不堪入目。客觀而論，這不是「四人幫」造成的，他們沒有那麼偉大的破壞力。

戴茂，年紀日長，他有心理恐懼之感。在民主自由的文化環境，寫作、看書是寶貴時間，可惜他已步入日暮蒼茫的晚年。不僅是他，台北不少知識份子，大抵都有這種心態吧。

老戴還是照常來茶館，不過比較沉默了些。

在我「台北茶館」的茶客中間，不少搞文學創作的人物。學院派極少，大抵都被轟走了。台灣人、客家人、外省人都有。聊起文藝可有趣的哩。八〇年代末期，隨著反對黨力量的崛起，本土文學開始令人矚目。身在台灣，寫台灣的現實社會現象，名正言順，是非常正確的創作方向。提倡本土文學，應該沒有人反對才對。即使海峽對岸的作家，也得同意、贊成。文學反映現實社會，我們住在台灣，寫台灣，反映台灣，怎能有錯？你不能讓我們反映新疆和黑龍江吧！

大寫「本土文學」，應該著重內容，而非形式，「內容決定形式」，則是無法爭議的普遍真理。八〇年代末期，有幾位小說家的作品，固執地用台灣方言來寫。有的字句無法表達，則用日語、ㄅㄆㄇㄈ夾雜著用。讀起來讓人彆扭、難受，甚至茫然不解，這便是走火入魔，進了死胡同。

為了辯論本土文學的形式、內容，幾個茶客爭論了將近半月。最後，戴茂忍耐不住，才發表他的意見。他提起二〇年代，上海有家小報《方言報》，它的特點是根據各類新聞，分別使用方言：

頭版大事（京話）、輿論（官話）、市民意見（寧波話）、巷議（廣東話）、情話（蘇白）。每份報六文錢，讀者各取所需。因為讀者越來越少，不久關門大吉。

文學評論家錢杏邨說過，若是《方言報》發表一篇小說，雜用各種方言，應該這樣寫：

夫人笑道：「老爺，咱們倆方才談論過朝廷和日本開仗的國家大事，跟住又傾過隔離唧妹仔同人私奔件事，接下去你我夫妻敘敘舊罷，耐勿要忘記講蘇白，阿好？

如果本土文學的小說，寫成這種奇怪的文字，它能撐幾年？若是以形式來提倡本土文學，豈不等於搬起石頭砸自己的腳？

每天聽茶客談文藝，既有興趣，又覺厭煩。

茶客的議論，通過總結，獲得了正確的具體的觀點，戴茂把它寫出來，寄到報社。不料，三日過後，退稿。副刊編輯將大樣送到總編輯那裡，卻有了意見：副刊的稿件，應當不沾鍋，不碰政治和現實社會問題，絕對不能發表嘻笑怒罵的作品，免得惹禍。

老戴聽了這些話，火冒三丈，血壓暴升，嚇得「台北茶館」的茶客，趕緊圍近戴茂，這個幫他捏指頭、那個幫他按摩穴道，還有人邊順他的胸口邊勸慰他別激動。等老戴恢復正常以後，有人說：「你別生氣，即使你氣死，報館也不同情你，也許他們還笑你神經病哩。」

清朝末年，廣東出了一個「言論界驕子」梁啟超，他憑著一枝筆勝過三千毛瑟槍的本領，若是他生活在咱台北，沒人理他，只有坐在「台北茶館」喝茶、寫稿，吸長壽菸，吃水煎包……一位老芋仔說出掏心話：「老戴，識時務者為俊傑，咱活在這大時代裡，人微言輕，還是忍耐吧。」

戴茂回了家，把腹內的牢騷話，說給兩個女人聽。她倆不約而同笑起來。

「老戴，別寫了，你學『涼起潮』作啥？日久天長，會得風濕病。」阿桂說。

谷虹畢竟有宏觀眼光，她勸戴茂繼續寫稿，把所聞所見以及腹內的牢騷，都寫出來。不投稿，不伺候編輯的喜怒臉色，將來印成書，就將書名稱為《茶客》，一本、兩本、三本……她驕傲地說：「我的私房錢雖然不算多，給你印幾本書，易如反掌！哈哈。」

那夜，他們三人同睡在一張床上。擁抱、接吻，互相欣賞、觀摩，覺得格外刺激、有趣。彷彿構成一幅難以展出的春宮圖……

十八

那日，一位老茶客提出一個令人矚目的問題，作家從事文學創作，一定先有人物的原型，才會產生寫作的素材。魯迅的《狂人日記》，因為他的遠房親戚有個精神病患者，才使他有了寫小說的靈感。那麼，魯迅創作的《阿Q正傳》，這個阿Q是從何處進入魯迅的腦海，而寫出這篇經典作品呢？

幾個愛辯論的茶客沉默起來。我提著茶壺為客人添水，也思索這個問題。

戴茂問他：「你有什麼看法？」

我的看法，也許牽強附會。不過，我對阿Q想了很久。

有人插話，北京有個刊物，《魯迅研究月刊》，已經問世多年，他曾翻閱過，尚未發現一篇有關這個問題的論文。

戴茂說：過去老舍寫過一篇小說《正紅旗下》，他在小說作品中透露：清朝末年的旗人，在遼寧地區和北京周圍各縣，強佔了不少土地，享受特權，他們多半游手好閒，玩鳥、賭博、嫖妓、捧戲子。不少旗人淪為乞丐。魯迅在北京生活多年，他對旗人有一定的瞭解，阿Q的畸形心理，和旗人相似，我這種看法，不知道對不對？

他的話立刻獲得了響應。對，對！阿Q在未莊和人發生爭執時，常說：「我們先前比你闊的多啦！你算是什麼東西！」

阿Q的自卑感，好勝心，正是旗人的心理寫照。魯迅塑造的這個人物，有時代性，有代表性。滿清官吏總以為洋人是夷狄野蠻人，大清國皇族才是主宰天下的人。這種愚蠢、落伍的思想，豈不像阿Q連被綁赴刑場槍決也茫然不曉麼！

茶客的話題，從文學作品又拉回現實生活中來。那位作過中校副團長的老茶客說：咱反共抗俄四十年，最後又回到老共的解放區，觀光旅遊，探親訪友，這個歷史性的轉變，怎麼沒有一個作家寫呢？

怎麼寫？

照實在情形寫。你們文人不是稱作現實主義麼？

不好寫。寫出了也沒地方發表。戴茂作了結論。

這個轉變，在我來看，咱不太光彩，因為咱當初是解放軍的敗將，退守台灣島。隔離四十年，老共才准許老兵回去，咱這邊也同意老兵返鄉探親，基於人道主義，好像欠他們的人情似的。當過副團長的老芋仔，發牢騷，我聽得非常明白，他這番話應該說給蔣公和毛澤東主席聽。

談到兩岸問題，茶客便靜了下來，每個老芋仔都有自己的悲劇故事，即使三天三夜也說不完。說了等於沒說，等於看台北電視台的文藝節目，開黃腔，東拉西扯，低級肉麻當有趣，千篇一律，再演一百年也沒有進步。

幾個從部隊退伍的老芋仔，喝著茶，流淚。戴茂和風細雨地說：國共內戰，敗在徐蚌會戰，就如同《三國演義》上的赤壁之戰，那是一場關鍵性的戰役。沒有那場赤壁之戰，不會產生魏、蜀、吳三國鼎立。操縱那場赤壁水陸戰的，也不過是孫權、周瑜、劉備、孔明幾個人而已。曹操做夢也料想不到的會落得失敗的下場！老戴吸了一口菸，苦笑著說：咱們只是內戰中的一個兵卒，能夠活到今天，活在現代化的台北市，已經是祖上積德啦。能夠返鄉探親，這是過去做夢也想不到的事。老哥們，想想過去稀里糊塗在內戰中戰死、冤錯假案中死亡的人，咱們應該是幸運的人！是不？

聽者點頭，苦笑，無言以對。

茶館的一角，揚起了蒼涼的評戲：

一不埋怨天，

二不埋怨地，

祇是奴家命不濟，

生長在這亂世裡……

老戴激動地說：唱得好！這句唱詞是最恰當的答案。咱們這個民族，聽天由命，這是民族共同的特有的性情。

咱們看到許多官僚政客，走到鄉村市鎮，先去廟裡求神膜拜，這種「不問蒼生問鬼神」的做法，大抵是封建文化的具體反映。這種「聽天由命」的戲詞，應該唱給馬褂兒凝聽，思索，作為談話的主題。

那位當過團長的老芋仔，河南人，對袁世凱有一定的感情。他聊起老袁的發跡，是劉銘傳的提攜，推荐他去朝鮮吳老帥麾下任職。吳長慶見他學問也不甚紮實，經歷也很淺薄，便派他做一名「差遣」，相當目前巡邏隊長。每日率同幾個兵勇，到市區風月場所，鎮壓那些滋事擾民的清兵。一日，幾個滋事清兵蠻橫無理，不受約束，袁世凱大怒，便將帶頭鬧事的兵勇捆綁十字街頭，斬首。

這件事傳入吳老帥戎幕，問他人：「袁世凱是何官職，他竟敢殺人，把他招來！」老袁見了吳帥，理直氣壯地說：「這個兵勇不是我殺的。」老帥說：「很多人親眼見你殺人，怎麼還不承認呢？」袁世凱說：「我按照老帥給我的大令行事，大令上不是分明說無故滋事者斬麼？這些人是老帥殺的，若說大令是假的，我領罪；大令不假，這責任我不能負！」這一番話，引起戎幕的高層官僚的爭議，不久，便擢升袁世凱為軍法執行處長官，他便在朝鮮升起了威望。

袁世凱是靠了膽識、魄力和機智而擢起的。作為領導人，光靠學問、精神修養不行。清王朝的覆亡，袁世凱是關鍵人物。當時湘軍攻陷南京，太平天國滅亡，若曾國藩奪取政權，歷史可以改寫，青年也不致犧牲那麼多人。偏是曾國藩老謀深算，懼怕僧格林沁的武力，擔心散佈西南各地的石達開太平軍。他的猶豫不決，是歷史的憾事。

僧格林沁是有勇無謀的悍將，也是清末垂危政權唯一的一張王牌，不過他是蒙古族。治軍極嚴，曾有一晝夜行軍兩百華里的紀錄。不休息、不吃飯，部屬對他恨之入骨。僧格林沁的部隊，追剿活躍在魯皖豫三角地帶的農民起義軍——捻軍。捻軍早已暗中歸順太平天國。為了活捉僧格林沁，掘地八、九尺深，數十里長，上面鋪蓋泥草，引誘清兵走過，進而活捉僧格林沁。

一八六五年，清兵到達山東曹州境內，天色已晚，兵勇疲乏飢餓，堅持埋鍋做飯。一位烏姓部帥，趁僧格林沁吃飯時，在他身後砍了一刀，斬了首級，率部投降捻軍。《清史》記述，烏某被捕，挖去他心肝祭祀僧格林沁，這段史料值得存疑。

僧格林沁死後，清王朝的勢力便落在湘淮軍身上。這是曾國藩想不到的事情，也是引為終身遺憾的決斷。

戴茂作了總結：若是曾國藩主宰了滿清的命運，它的後果要比袁世凱強，因為他畢竟是深明大義的學者，不致造成民國以來軍閥割據的局勢，那會使中國人民早日走向團結富強之路。

唉！一位老芋仔發出嘆息：「這是天意！」

一日，戴茂談起一段趣話，不少政客都看不起老芋仔，以為這些退伍老兵是大老粗，只懂得呼口號，是國民黨的「鐵票部隊」，腦筋不會轉彎兒。我真盼望他們來「台北茶館」喝茶，坐一下，聽聽這些老芋仔的談話，長點見識。這對於開展民主建設有幫助，光靠書本上的學問，不見得有用。

我覺得老戴的話，有道理。客觀而論，官僚政客在平日想不到老芋仔，只有到了選舉的時候，才注意到老芋仔的鐵票地帶。其實，老芋仔的票，不一定是鐵票，因為他們是有文化、思想和是非見解的。老芋仔中間，有不少傑出的政治學者和技術專家，有不少具有深厚修養的文化人，如果你們把這些老芋仔看成傻瓜，可真是天大的誤會，說句難聽的話：「你們的眼睛了！」

老戴笑了。

他曾向我表白，如果他有魯迅那枝健筆，在「台北茶館」聽了這些茶客的議論，真可以寫出傳留後世的歷史記錄。這是二十世紀國共內戰潰敗來台人們的真正生活經驗。可惜，老戴確有力不從心的遺憾。其實我的損失也不小，為了拿一張大學文憑，浪費了我五年的青春時光。有啥用？夜間部，人事部門不屑一顧。所學的知識和學問，怎有在茶館聽來的具有時代性、現實性？

你還是有一點收穫。老戴安慰我。

啥收穫？

五年夜間部，追上一個老婆。加上那張大學證書，豈不是「洞房花燭夜，金榜題名時」，你小子厲害呀！

我聽了這種玩笑話，啼笑皆非。戴茂是我的諍友，我只得向他說掏心話。過去他曾勸我寫作，在台北市中華路開茶館數十年，接觸了不少茶客，聽到很多悲歡離合的故事，若是把它寫出來，便是一部具有時代性的文學作品。

我想寫，但是沒有寫作的勇氣。

你是中文系畢業的，怎麼說出這種洩氣的話。你如果不寫出來，那才真是浪費了一生大好光陰！

雖然我沒有動筆，但是卻把聽來的珍貴的史料，記憶在心。它的準確度、廣度和深度，也許有問題，但是通過思考、比較，我是下過功夫的。有位從北京探親回來的茶客透露：胡風在長達二十多年的牢獄中，用記憶的方式，將幾百首傳統詩寫在腦海，每一首詩都經過塗改、修正過程。胡風從未用過筆和紙，這是值得學習的榜樣。同時，這件事也給予我一個啟發：自由詩是推翻不了傳統詩的。五四運動時，胡適之所發表的理論，那是癡人說夢。附帶補充的是，胡風在腦海記憶的詩稿，出獄後陸續出版問世，這是文壇盛事。

老戴鼓勵我，生長在自由的台北市，何以不早日把存在腦海的作品寫出來，形諸文字，留傳問世呢。

回家，我將這件事告訴阿珍，她鼓勵我趕快動筆，否則茶館停業，便失去了寫作的泉源和力量。按照她的推斷，台北市的工商業的繁榮，將使飲食業發生巨大的變化。在快速的生活步調中，人們不可能有時間喝一杯茶，在椅子上坐著聊天。直白地說：茶館這個行業，將要隨著時代的變遷而消失。

老伴的觀點是正確的。因為從我的茶客統計，老芋仔日漸凋謝，他們年老力衰，已經逐漸不能搭乘捷運電車，走進「台北茶館」了。

是啊，一九四九年來台北的小青年，如今已經七、八十歲，再過十年，他們豈不都進了墳墓？歲月無情，風雲變幻，光陰怎不是百代的過客？

過去，戴茂鼓勵我寫日記，幫助記憶，因為記憶內容會隨著觀點、興趣、生活經驗而轉移的。日記，才會準確地記載下每個年代的生活狀態，不致於偏離事實。

老戴雖然勸我寫日記，但是他卻不寫日記。據他的記憶，堅持寫日記的很少，即使寫日記，也不見得寫出具有時代性的文學作品。

人步入晚年，老得特別快。眼看那些茶客白髮皤皤，步履蹣跚，轉眼間，他們患了高血壓、糖尿病或心臟病；谷虹、阿桂和阿珍也都有了骨質疏鬆症。對於男女房事，已提不起興趣了。

回憶前塵，如幻如夢，拿起了筆，手直發抖，教我如何寫下去……

釀小說9　PG0916

台北茶館
——張放長篇小說

作　　者	張　放
責任編輯	劉　璞
圖文排版	張慧雯
封面設計	王嵩賀

出版策劃	釀出版
製作發行	秀威資訊科技股份有限公司 114 台北市內湖區瑞光路76巷65號1樓 電話：+886-2-2796-3638　傳真：+886-2-2796-1377 服務信箱：service@showwe.com.tw http://www.showwe.com.tw
郵政劃撥	19563868　戶名：秀威資訊科技股份有限公司
展售門市	國家書店【松江門市】 104 台北市中山區松江路209號1樓 電話：+886-2-2518-0207　傳真：+886-2-2518-0778
網路訂購	秀威網路書店：http://www.bodbooks.com.tw 國家網路書店：http://www.govbooks.com.tw
法律顧問	毛國樑　律師
總 經 銷	聯合發行股份有限公司 231新北市新店區寶橋路235巷6弄6號4F 電話：+886-2-2917-8022　傳真：+886-2-2915-6275

出版日期	2013年2月　BOD一版
定　　價	270元

Printed in Taiwan

國家圖書館出版品預行編目

台北茶館：張放長篇小說 / 張放著. -- 一版. -- 臺北市
：釀出版, 2013.02
面；　公分. -- (釀小說9；PG0916)
BOD版
ISBN　978-986-5871-14-7 (平裝)

857.7　　102000195

讀者回函卡

感謝您購買本書，為提升服務品質，請填妥以下資料，將讀者回函卡直接寄回或傳真本公司，收到您的寶貴意見後，我們會收藏記錄及檢討，謝謝！如您需要了解本公司最新出版書目、購書優惠或企劃活動，歡迎您上網查詢或下載相關資料：http:// www.showwe.com.tw

您購買的書名：________________________________

出生日期：________年________月________日

學歷：□高中（含）以下　□大專　□研究所（含）以上

職業：□製造業　□金融業　□資訊業　□軍警　□傳播業　□自由業

□服務業　□公務員　□教職　□學生　□家管　□其它_____

購書地點：□網路書店　□實體書店　□書展　□郵購　□贈閱　□其他

您從何得知本書的消息？

□網路書店　□實體書店　□網路搜尋　□電子報　□書訊　□雜誌

□傳播媒體　□親友推薦　□網站推薦　□部落格　□其他__________

您對本書的評價：（請填代號　1.非常滿意　2.滿意　3.尚可　4.再改進）

封面設計____　版面編排____　內容____　文／譯筆____　價格____

讀完書後您覺得：

□很有收穫　□有收穫　□收穫不多　□沒收穫

對我們的建議：________________________________

____

____

____

請貼
郵票

11466
台北市內湖區瑞光路 76 巷 65 號 1 樓
秀威資訊科技股份有限公司 收
BOD 數位出版事業部

………………………………………………………………………………

（請沿線對折寄回，謝謝！）

姓　名：＿＿＿＿＿＿＿＿＿＿ 年齡：＿＿＿＿ 性別：□女 □男

郵遞區號：□□□□□

地　址：＿＿＿＿＿＿＿＿＿＿＿＿＿＿＿＿＿＿＿＿＿＿

聯絡電話：(日)＿＿＿＿＿＿＿＿＿＿ (夜)＿＿＿＿＿＿＿＿＿＿

E-mail：＿＿＿＿＿＿＿＿＿＿＿＿＿＿＿＿＿＿＿＿＿＿